ELLA DANZ

Eisige Weihnachten

UNGEMÜTLICH Weihnachten mit der ganzen Familie in einem abgelegenen Hotel mitten im Wald – ob das eine gute Idee ist? Der Einzige, auf den Kerstin sich wirklich freut, ist ihr Papa. Auf dessen geschwätzige Freundin oder ihre komplexbeladene Schwester Anke könnte sie verzichten. Mittlerweile auch auf ihren Mann André, den sie schwer verliebt, sehr spontan geheiratet hat. Das Schneetreiben wird immer dichter und als sie endlich am Hotel ankommen, verkündet ein Schild: Geschlossen ab 21. Dezember. Es ist kalt, es ist dunkel, es schneit wie aus Kübeln und es gibt kein Netz – sie kommen hier nicht mehr weg. Hotelbesitzerin Nicole, die im Haus nur nach dem Rechten sehen wollte, lässt sie den Heiligabend im Hotel verbringen. Mit einer warmen Heizung und Vorräten hat das Ganze etwas von einem luxuriösen Abenteuerurlaub. Bis Kerstin sich plötzlich eingeschlossen in der Kühlkammer wiederfindet, fast unter einer Ladung Schnee begraben wird und beinahe die steile Treppe zum Weinkeller hinunterstürzt. Alles nur Zufälle, wie André meint?

© Sarah Koska

Ella Danz lebt als freie Autorin in Berlin. In ihren Büchern gilt ihr spezielles Interesse der Beobachtung von Verhaltensweisen und Beziehungen ihrer Mitmenschen, die sie gründlich, manchmal nicht ohne Ironie durchleuchtet. Als Krimi-Autorin hat Ella Danz den sympathischen Kommissar Georg Angermüller erfunden, einen Genießer im Polizeidienst, dessen Geschichten ihr bei der Kritik den Titel »Agatha Christie des Gourmetkrimis« eingebracht haben.

ELLA DANZ

Eisige Weihnachten

WEIHNACHTSKRIMI

Die automatisierte Analyse des Werkes, um daraus Informationen insbesondere über Muster, Trends und Korrelationen gemäß § 44b UrhG (»Text und Data Mining«) zu gewinnen, ist untersagt.

Bei Fragen zur Produktsicherheit gemäß der Verordnung über die allgemeine Produktsicherheit (GPSR) wenden Sie sich bitte an den Verlag.

Immer informiert

Spannung pur – mit unserem Newsletter informieren wir Sie regelmäßig über Wissenswertes aus unserer Bücherwelt.

Gefällt mir!

Facebook: @Gmeiner.Verlag
Instagram: @gmeinerverlag

Besuchen Sie uns im Internet:
www.gmeiner-verlag.de

© 2019 – Gmeiner-Verlag GmbH
Im Ehnried 5, 88605 Meßkirch
Telefon 0 75 75 / 20 95 - 0
info@gmeiner-verlag.de
Alle Rechte vorbehalten
6. Auflage 2025

Lektorat: Claudia Senghaas, Kirchardt
Satz: Mirjam Hecht
Umschlaggestaltung: U.O.R.G. Lutz Eberle, Stuttgart
unter Verwendung eines Fotos von: © Martina Walther / stock.adobe.com
Druck: Custom Printing Warschau
Printed in Poland
ISBN 978-3-8392-2468-7

Personen und Handlung sind frei erfunden.
Ähnlichkeiten mit lebenden oder toten Personen
sind rein zufällig und nicht beabsichtigt.

KAPITEL I

Was für eine bescheuerte Idee, dieses Familientreffen an Heiligabend in einem Hotel zu veranstalten, noch dazu in so einer gottverlassenen Gegend. Und noch bescheuerter, dass sie sich darauf eingelassen hatte.

»Es ist ein unheimlich schönes Hotel, wirklich, und heißt ›Die blaue Bergvilla‹ – wie das schon klingt! Total romantisch, oder?«, hatte Anke ins Telefon geflötet, als sie Kerstin den Plan unterbreitete. Froh, dass die monatelange Funkstille mit ihrer komplizierten Schwester erst einmal beendet war, hatte Kerstin spontan zugestimmt. Doch zur Romantik gehören mindestens zwei, dachte sie nun und schaute erst auf ihren Mann und dann missgelaunt nach draußen, wo schmutziggrau und trüb die Eintönigkeit der Leipziger Tiefebene vorbeizog.

André hatte Kerstins kurzen Blick bemerkt, schenkte ihr ein strahlendes Lächeln und tätschelte ihr Knie, was sich wie ein angenehmer, leichter Stromstoß anfühlte. Doch sie vermied es, ihn anzuschauen. André erhöhte die Geschwindigkeit des Scheibenwischers und summte eine Melodie. Er schien gute Laune zu haben. Ob er die auch nach diesem Weihnachtsfest noch haben würde?

Ihr Ehemann sah wirklich verdammt gut aus, seine Berührungen machten Lust auf mehr, trotzdem – Kerstin hatte sich fest vorgenommen, auf Abstand zu bleiben und spätestens vor ihrer Rückfahrt in aller Offenheit mit ihm zu sprechen, da sich zu Hause neben den beruflichen Verpflichtungen und in der vorweihnachtlichen Alltagshektik nie die Gelegenheit für ein umfassendes Gespräch ergeben hatte. Weihnachten war das Fest der Liebe, und die hatte so viele Facetten, sie konnte aufblühen oder welken, insofern war der Termin vielleicht gar nicht so unpassend gewählt, verteidigte Kerstin ihr Vorhaben vor sich selbst.

Das Kind, das in ein paar Monaten volljährig wurde, lag auf der Rückbank, seit Berlin im Schlafkoma. In den frühen Morgenstunden erst nach Hause gekommen, stank Lukas immer noch wie eine nicht gelüftete Eckkneipe. Auf der sogenannten Weihnachtsfeier mit seinen Freunden war der Alkohol offensichtlich in Strömen geflossen. Und wer weiß, was sie sich sonst noch so reingezogen hatten – Kerstin wollte es lieber gar nicht wissen.

Auf der A 9 herrschte lebhafter Verkehr. Scheinbar drängte es viele zu Weihnachten zu ihrem Anhang, egal, wie verfahren die familiären Beziehungen auch sein mochten. Der Gedanke an ihre Familie war nicht dazu angetan, Kerstins Stimmung zu verbessern. Ihre schöne Schwester, die ihr von jeher in einer intensiven Hassliebe zugetan war, und ihr großer, manchmal etwas einfältiger Bruder mit Anhang, Andrés Mutter und Papas Gefährtin Lilo – der Einzige, auf den sie sich wirklich freute, war Papa. Sie hatten sich nicht gesehen seit ihrer Rückreise aus Italien im September, als sie bei ihm in Bamberg einen kurzen Stopp eingelegt hatten.

Papa hätte gern auch an Weihnachten zu ihnen nach Berlin kommen können – allein, was seine Gefährtin bestimmt als Affront aufgefasst hätte. Doch Lilo war Kerstin, die sich nichts als entspannte Feiertage wünschte, einfach zu anstrengend. Aber dann war irgendwer auf diese geniale Idee vom Familienweihnachten gekommen, die Anke ihr in den schönsten Farben anpries, ganz stimmungsvoll in einem entzückenden Hotel, fernab der Zivilisation, aber mit allem Komfort und gehobener Gastronomie. Trotz ihrer intuitiven inneren Abwehr hatte Kerstin ihre Skepsis für sich behalten. Wer weiß, wie sich die empfindliche Anke, die sich für eine perfekte Organisatorin hielt, von Kerstin wieder bevormundet gefühlt hätte, wenn diese das Projekt »Romantische Waldweihnacht« sofort abgelehnt hätte. Kurzerhand hatte sie also Ja gesagt und Anke das Kommando überlassen. Irgendwie sah sie das auch als therapeutische Maßnahme für ihre kleine Schwester. Außerdem reichte es ihr vollauf, die ganzen Weihnachtsgeschenke beschaffen zu müssen.

Bei der Pause im Hamburgerladen einer Raststätte, die ihr Mann unbedingt einlegen musste, wurde das Kind plötzlich hellwach, verdrückte einen riesigen Burger plus Pommes plus Chickenwings und schüttete einen Eimer Cola hinterher. Auch André arbeitete sich an einem XXL-Menü ab, was sich bei ihm aber nicht in einem größeren Bauchumfang, sondern in Muskelmasse niederzuschlagen schien. Er trainierte mehrmals die Woche in diesem sündhaft teuren Edelschuppen von Sportstudio. Auch Kerstin war dort angemeldet, nahm das vielfältige Angebot aber höchst selten in Anspruch. Sie war froh, zwischen den vielen Geschäftsreisen einfach nur Zeit in den eigenen vier Wänden verbringen zu können.

Ihr Pausensnack bestand aus einem großen Kaffee und einer im Freien hastig gerauchten Zigarette, die angesichts der feuchten Kälte kein echter Genuss war. Ihr Handy meldete sich.

»Hallo, Papa! Wo seid ihr?«

»Hallo, Kerstin, wir sind schon … ich wollte nur … wegen … dir was sagen …«

»Papa, leider versteh ich kaum was. Die Verbindung ist unheimlich schlecht. Leg mal auf, bitte. Ich ruf dich gleich noch mal an, okay?«

Rauschen, Krachen, Besetztzeichen.

Kerstin schmiss die Zigarette weg und drückte die Rückruftaste. Erst hörte sie ein Freizeichen, dann war besetzt und dann gar nichts mehr. Sofort machte sie sich Sorgen. Hoffentlich war alles in Ordnung.

Hallo, Papa! Hoffentlich alles okay? Wir sind auf dem Weg, in ungefähr zwei Stunden müssten wir am Hotel sein. Bis dann!

Auch wenn sie wusste, dass der alte Herr so gut wie nie die SMS-Funktion nutzte, schickte sie ihm die Nachricht, in der Hoffnung, sie würde ankommen und er würde sie lesen. Frierend zog sie unter ihrem Fleece-Hoodie die Schultern hoch, als sie mit Lukas und André zurück zum Auto ging.

In immer dickeren Klecksen klatschte Schneeregen gegen die Windschutzscheibe, als sie ihre Fahrt fortsetzten. Kerstin starrte nach draußen und zwischendurch immer wieder auf ihr Handy, versuchte noch mehrmals ihren Vater zu erreichen, aber ohne Erfolg. Nach einer Weile, sie fuhren jetzt Richtung Erfurt, wurde Schnee aus dem Regen, und der Blick in die aus der Tiefe herantaumelnden Flockenformationen ließ Kerstin schläfrig werden.

Sie schloss die Augen, angenehme Wärme hüllte sie ein, ein monotones Grundrauschen legte sich auf ihre Ohren. Plötzlich tauchte ein unglaublich gut aussehender Blonder vor ihr auf. Das Lächeln seiner leuchtend blauen Augen war unwiderstehlich. Sein gebräunter Körper, schlank und muskulös, ließ Kerstins Fantasie augenblicklich Purzelbäume schlagen, und in ihrem Bauch begannen Millionen Schmetterlinge zu flattern. Einzig Form und Design seiner Badehose störten den ansonsten betörenden Anblick. Sie war wild gemustert und hing etwas formlos auf den schmalen Hüften des strahlenden Helden. Doch Kerstin nahm das gar nicht wahr. Sie war wie hypnotisiert, sprach kaum noch, konnte nur schmachtende Blicke werfen – und ihm schien es genauso zu gehen! Er interessierte sich für sie! Tatsächlich für sie, die üblicherweise von den meisten männlichen Wesen übersehen wurde! Und von so einem Prachtstück war Kerstin noch nie Aufmerksamkeit geschenkt worden. Sie schwebte vor Glück. Von Tommy und Gitta, ihren beiden Mitreisenden, erntete sie verständnislose Blicke.

»Was willst du nur von dem?«, fragte Gitta, als sie zum Pinkeln in den Waschräumen aufeinandertrafen, »hast du die Badehose nicht gesehen? Marke Sporett – klingt affengeil, oder? Der ist aus der DDR, Mann!«

Kerstin zuckte nur mit den Schultern.

Es kam, wie es kommen musste. Nach romantischen Stunden am Ufer des Balaton, mit Lagerfeuer, Gitarrenmusik, Gesang und ziemlich grausligem Rotwein, führte sie der blonde Traummann zu seinem Zelt. Er hatte es von seinem Onkel geborgt, wie er entschuldigend erwähnte. Es war ein altes, ziemlich schäbiges Teil, was Kerstin aber überhaupt nicht bemerkte.

Sie verbrachten darin die Nacht zusammen, eine aufregende, ekstatische Nacht, und es war ihr egal, dass wahrscheinlich der halbe Campingplatz Ohrenzeuge ihrer wilden Leidenschaft wurde. Erst gegen Morgen konnten sie voneinander lassen und schliefen erschöpft in einer innigen Umarmung ein. Ab da waren sie für den Rest des Urlaubs unzertrennlich.

Er wohnte in Leipzig, hatte Sozialökonomie studiert und arbeitete in der Betriebsgewerkschaftsleitung der Buna-Werke. Unter anderem war er zuständig für die Vergabe von Ferienplätzen an die Mitarbeiter des Kombinats. Das Einzige, was Kerstin von den Buna-Werken kannte, war der schräge Werbespruch »Plaste und Elaste aus Schkopau«, über den sie sich jedes Mal mit ihren Westberliner Kommilitonen amüsierte, wenn sie über die Transitstrecke pendelten.

Ihr neuer Bekannter schien höchst interessiert an Kerstins BWL-Studium, stellte eine Menge Fragen und lauschte gefesselt, als sie von ihrer Hospitanz bei der Boeing Corporation in Seattle erzählte. Und noch mehr faszinierte ihn, dass Kerstin nach einem Praktikum bei McKinsey den Plan gefasst hatte, ein eigenes Unternehmen zu gründen. Schließlich war die Überfliegerin Kerstin gerade mal Anfang 20 und stand schon kurz vor ihrem Abschluss. Ihren Verehrer schien wohl alles zu beeindrucken, was sie betraf.

Auch er war mit ein paar jungen Leuten unterwegs, die der Westlerin teils verunsichert bis reserviert – Letzteres vor allem die jungen Frauen –, manche aber auch mit kritikloser Begeisterung gegenübertraten, jedenfalls unter vier Augen. Nach ein paar Tagen aber fühlte Kerstin sich von allen akzeptiert, was nicht zuletzt an der Person ihres Lovers lag, der in der kleinen Gruppe den Ton angab. Allgemein waren die vielen Menschen ein großes Thema, die über Ungarn die DDR verließen. Doch mit ihrem Traummann redete Kerstin nicht allzu viel und darüber schon gar nicht.

»Mann, wie geil ist das denn?«

Kerstin fuhr aus ihren heißen Tagträumen hoch und brauchte einen Moment, um sich zu orientieren.

»Ja, Lukas, was ist?«, fragte sie leicht verwirrt.

»Guck doch mal, wie krass das schneit! Dann kann ich morgen ja snowboarden!«

»Auf jeden Fall bleibt der Schnee liegen. Sind knapp unter null«, brummte André, »na, das ist doch perfekt für weiße Weihnachten.«

Ob der Junge aufs Snowboard würde steigen können, war noch ein ganz anderes Thema, da man ja mit allen zusammen die Feiertage verbringen sollte, dachte Kerstin. Doch so albern es war, auch sie spürte eine leise Freude beim Anblick der weißen Pracht, die den Tannenwald malerisch überzuckerte. Vielleicht wurde das Weihnachtsfest ja doch ganz nett.

Sie hatten die Autobahn verlassen. Auf der schmalen Straße, die sie immer weiter auf die Höhen des Thüringer Waldes führte, lag bereits eine geschlossene Schneedecke. Es begann zu dämmern. Nur ganz selten begegnete ihnen ein Auto. Im Licht der Scheinwerfer tanzten immer dichtere Flockenwirbel.

»Wir sind ganz schön spät dran«, bemerkte Kerstin nach einem Blick auf die Uhrzeit, »bestimmt sind die anderen alle schon da.«

»Das werden die ja wohl verstehen, dass man bei diesen Straßenverhältnissen nicht zügig vorankommt«, erwiderte André.

»Hätten wir nicht diese völlig überflüssige Rast in dem Burgerladen eingelegt, wären wir schon da«, kritisierte Kerstin, »wie lange brauchen wir denn noch?«

»Um die 30 Minuten, wenn der Schneeräumer vor uns mal endlich von der Straße verschwindet …«

»Oh Mann, wir kommen an und müssen sofort mit der Bescherung anfangen. Ich dachte eigentlich, ich könnte zuvor kurz in den Pool steigen«, seufzte Kerstin.

Sie kamen durch winzige, schwach beleuchtete Ortschaften, in denen kein Mensch auf der Straße war. Die mit blauem Schiefer verkleideten Häuser, die manchmal hübsche blau-weiße Schiefermuster aufwiesen, strahlten Gemütlichkeit aus. Vereinzelt wiegten sich mit Lichterketten geschmückte Weihnachtsbäume davor im Wind, aus erhellten Fenstern fiel warmer Lichtschein.

Kurz darauf nahm André einen Abzweig. Die Hinweisschilder waren völlig eingeschneit und unlesbar, die Straße wurde noch schmaler und führte immer weiter bergan.

»Bist du sicher, dass das hier der richtige Weg ist?«

Misstrauisch spähte Kerstin nach draußen in das Weiß, das an den Rändern der Scheinwerferkegel mittlerweile in Schwärze überging.

»Das Navi sagt Ja.«

»Zumindest haben die nicht übertrieben in ihrer Werbung: Die idyllische Alleinlage unseres Hauses in fast 900 Meter Höhe schenkt Ihnen Ruhe und Erholung abseits jeglicher Hektik«, bemerkte Kerstin mit spöttischem Unterton, »wer hatte eigentlich den Flitz mit diesem Familientreffen mitten im Wald? Irgendwie war die Idee plötzlich da. War das Papa? Oder seine liebe Lilo?«

Kerstin konnte nicht aufhören, darüber nachzugrübeln.

»Ja, ich glaube, Papa erzählte, dass Lilo mit deiner Mutter telefoniert hat. Die beiden verstehen sich erstaunlicherweise ja so gut. Aber dass ausgerechnet deine Mutter so eine luxuriöse Herberge empfiehlt …«

»Was ist so erstaunlich daran, wenn die beiden alten Damen sich gut verstehen?«, fragte André mit einem verständnislosen Seitenblick, »und wenn meine Mutter ein gutes Hotel empfiehlt? Sie kennt das wohl noch von früher.«

Es hatte keinen Sinn, mit ihm darüber zu diskutieren. Kerstin sah in Lilo und ihrer Schwiegermutter Ingeborg einen ziemlich irrwitzigen Zusammenprall der Systeme, aber André verstand ihren Humor eh nicht, und der Sinn für Ironie ging ihm vollends ab.

»Weiß nicht«, antwortete sie also, »aber dann war das wahrscheinlich ein glorreicher Einfall deiner Mutter, den Lilo sofort aufgegriffen hat.«

»Schon möglich. Mutti ist schon oft im Thüringer Wald gewesen. Sie kennt sich hier ziemlich gut aus. Und das Hotel liegt wirklich fantastisch, direkt am Rennsteig, mitten in der Natur, ich war auch schon mal da. Allerdings lag da kein Schnee. Ist ja auch schön hier. Die wunderbare Landschaft, hübsche Dörfer, gemütliche Bauden …«

»Das werden wir sehen«, murmelte Kerstin nur.

»… und die thüringische Küche ist auch nicht zu verachten: Rostbrätel, die berühmten Kartoffelklöße und zu Weihnachten natürlich die Gans und der Rotkohl. Und die leckeren Kuchen: Mooskuchen, Hummelkuchen, LPG-Kuchen – ich freu mich schon drauf! Das wird eine echte Schlemmerei!«

»Du hast doch nicht etwa schon wieder Hunger?«, fragte Kerstin mit einem schrägen Seitenblick auf ihren Mann. Der antwortete mit einem Achselzucken und grinste.

Die Straßenbeleuchtung wurde immer spärlicher, die Begrenzungspfähle rechts und links bildeten die einzig sichtbare Markierung für den Verlauf der nicht mehr auszumachenden Fahrbahn, waren zum Teil aber schon recht schwer zu erkennen unter dem frisch gefallenen Schnee. Ein paar Minuten herrschte Schweigen im Auto. Alle drei Insassen, selbst der coole Lukas, warfen suchende Blicke nach draußen, gespannt, wann endlich die Lichter des Hotels vor ihnen auftauchen würden. Als André anhielt, um sich zu orientieren, da die Sicht mit Dunkelheit und Schneegestöber immer schlechter wurde, bockte der Geländewagen beim Anfahren. Kerstin stockte der Atem. Sie war vor Schreck plötzlich wie gelähmt.

KAPITEL II

Die Sekunden dehnten sich endlos, bevor sich das Auto schließlich weiter mühsam durch den Tiefschnee schob. Auf dem Navi wurde das Ende der Straße angezeigt. Schließlich sah man Licht durch die Bäume schimmern. Sie nahmen eine letzte Kurve und auf einer weiten Lichtung tauchte ein Bau vor ihnen auf, an dessen Umrissen Kerstin endlich das Hotel von der Website erkannte. Allerdings lag es fast komplett im Dunkeln, nur über dem Eingang schwang eine schwach leuchtende Laterne im Luftzug. Das Licht, das sie gesehen hatten, stammte von einer Reihe Autos, jedenfalls von denen, deren Scheinwerfer oberhalb der geschlossenen Schneedecke lagen. Sie parkten direkt vor dem Hotel, und waren schon von einer dicken Schneeschicht überzogen.

»Oh, oh«, machte Lukas beim Anblick des wie ausgestorben daliegenden Gebäudes von der Rückbank, »sorry, we are not opened?«

»Gib mir mal meine Jacke«, verlangte Kerstin knapp von ihrem Sohn. Das alles sah gar nicht gut aus, doch sie unterdrückte die aufsteigenden Horrorbilder vom eisigen Weihnachtsabend in eingeschneiten Autos, zog das Teil über und stieg aus dem Wagen. Sogleich stand sie bis zu den Knien im Schnee, der ihr unangenehm kalt in die Stiefeletten rutschte. Sie zog sich die Kapuze über den Kopf und stapfte, was angesichts der dicken, weißen Schicht nicht ganz einfach war, auf die vor dem Gebäude stehenden Fahrzeuge zu. Dort öffnete sich ebenfalls eine Autotür, und ihre Schwester Anke schob sich ins Freie. Kein Hallo, keinen Guten Tag – so ganz ausgestanden war die letzte Fehde wohl immer noch nicht. Auf jeden Fall wirkte sie ziemlich genervt.

»Da seid ihr ja endlich! Wieso habt ihr so lange gebraucht?«

»Hallo, Schwesterherz! Das war nicht so einfach hierherzugelangen, erst wahnsinnig viel Verkehr, dann das Wetter, die Zufahrtstraße nicht geräumt ...«

Trotz des spürbaren Sträubens umarmte Kerstin kurz ihre Schwester, dann fragte sie:

»Was ist hier eigentlich los? Sieht nach ziemlichem Totentanz aus.«

»Da hängt ein Schild am Eingang: Das Hotel ist seit 21. Dezember geschlossen«, gab Anke ausgesprochen unfroh Auskunft.

»Was? Das darf doch nicht wahr sein! Ich denke, du hast für uns alle gebucht?«, erregte sich Kerstin.

»Natürlich habe ich das! Jetzt bin ich wieder schuld! Typisch Kerstin!«, ging Anke sofort in Abwehrhaltung, »hier ist die Buchungsbestätigung, siehst du!«

Sie zog ein paar ziemlich zerknautschte Blätter aus der Jackentasche.

»Die hab ich extra ausgedruckt, man weiß ja nie.«

»Warum hast du nicht gleich angerufen, als ihr hier angekommen seid? Dann hätten wir schon unterwegs nach Alternativen schauen können. Wird ja nicht ganz so einfach sein, heute am Heiligabend und um diese Uhrzeit noch ein Hotel für uns alle zu bekommen.«

»Du hast vergessen, dass wir im Osten sind!«, brach es aus Kerstins Schwester zornig heraus, »hier gibt es natürlich kein Netz, wie man es ja auch nicht für nötig hielt, uns über die Schließung des Hotels zu informieren. Ist mal wieder typisch! Ich weiß schon, warum ich meine gesunden Vorurteile habe!«

»Hast du kein anderes Thema?«, fragte Kerstin gereizt.

Einen Moment starrten beide stumm in den Vorhang aus dicken Flocken, der unablässig vor ihnen niederging. In ihren Schuhen schmolz der Schnee, und Kerstin spürte nicht nur die Kälte unangenehm von den Zehen aufwärtskriechen, sondern auch ein weihnachtliches Katastrophenszenario auf sich zukommen.

»Und was machen wir jetzt?«, wollte sie von ihrer Schwester wissen.

Allerdings war von der leider keine Lösung zu erwarten, denn bei dieser Frage begann mit einem Mal die Unterlippe der perfekten Organisatorin Anke zu zittern. Im nächsten Moment lag sie in Kerstins Armen und weinte leise vor sich hin. Tja, so war ihre kleine Schwester schon immer gewesen. Sie wollte unbedingt das Kommando haben, aber bei der ersten Schwierigkeit schmiss sie hin.

»Ich weiß nicht«, schniefte sie, »Papa und die alten Damen können auf keinen Fall die Nacht in den Autos verbringen. Und die Kinder auch nicht.«

Unvermittelt stellte sie das Jammern ein, schob Kerstin energisch weg und wischte make-up-schonend die Feuchtigkeit unter den Augen fort. Anke hatte ihren Vater kommen sehen, der inzwischen ausgestiegen war und mit einiger Mühe die wenigen Schritte durch den knietiefen Schnee zurücklegte.

»Na, mein Mädchen! Das ist vielleicht ein Mist. Aber auch mal was Neues, bisschen wie Abenteuerurlaub. So ein Weihnachten hatten wir noch nie!«, begrüßte er Kerstin.

»Papa! Ich freu mich so, dich zu sehen, wenn auch die Umstände …«

Kerstin fiel ihrem Vater um den Hals.

»Aber du bist einfach klasse, Papa, verlierst nie deinen Humor.«

»Was soll ich anderes machen? Schimpfen macht es auch nicht besser. Und bestimmt kommt sowieso bald der Winterdienst und holt uns hier raus.«

»Ja, bestimmt«, bestärkte Kerstin den alten Mann, glaubte aber nicht im Entferntesten an diese Möglichkeit. Warum sollte man eine Stichstraße zu einem geschlossenen Hotel räumen, noch dazu um diese Uhrzeit an Heiligabend? Sie mussten sich was einfallen lassen und zwar schnell. Vielleicht war die Straße, zumindest mit ihrem Geländewagen, ja noch passierbar.

»Du hattest versucht, mich auf dem Handy zu erreichen. Das war eine total schlechte Verbindung! Tut mir leid, ich hab mehrfach versucht dich zurückzurufen, aber es hat nicht geklappt.«

»War nicht so wichtig«, meinte ihr Vater und drückte

Kerstins Hand, »alles in Ordnung. Wir reden später mal in Ruhe.«

Trotz seiner beruhigenden Worte erschien er Kerstin irgendwie besorgt. Doch hier im Flockentreiben, mit der nervösen Anke an ihrer Seite war wirklich nicht der richtige Zeitpunkt für ein Gespräch. Außerdem schob sich auch André durch den tiefen Schnee zu ihnen durch.

»Hallo, Schwiegerpapa, hallo, liebe Schwägerin«, grüßte er in die Runde und schüttelte Hände, »sagt mal, das sieht ja ziemlich geschlossen aus.«

»Sehr gut erkannt, lieber Schwager«, meinte Anke biestig, »mein Fehler ist das aber nicht. Vielleicht hast du ja eine Idee, was wir jetzt tun sollen. Ein Netz gibt es in dieser ostdeutschen Wüste nämlich auch nicht.«

Diese Bemerkung gefiel André nicht, wie sein Gesichtsausdruck zeigte, doch bevor er antworten konnte, tauchte Ankes Mann neben ihnen auf.

»Prima, dass ihr es auch noch geschafft habt.«

Er gab Kerstin ein Wangenküsschen, schlug André kumpelhaft gegen den Oberarm.

»Schöne Scheiße hier, was? Aber ich sach mal so: Außergewöhnliche Situationen erfordern außergewöhnliche Maßnahmen.«

In seiner Linken schwenkte Helmut einen Wagenheber. Er wirkte sehr fest entschlossen.

»Wir gehen da jetzt rein. Schließlich haben wir gebucht, oder?«

»Meinst du wirklich?«, fragte Anke verunsichert. Doch ihr Mann beachtete sie gar nicht. Trotz Ankes Anweisung, im Wagen zu bleiben, hatten sich Emily und Charlotte inzwischen auch herangeschlichen und schauten ihren Vater mit großen Augen an.

»Aber Helmut, das kannst du doch nicht machen!«, klang Lilos durchdringende Stimme herüber. Erstaunlicherweise hatte sie sich bisher noch nicht sehen lassen. Angesichts des hohen Schnees war es nicht ganz einfach, die Autotür zu öffnen. Aber sie hatte es geschafft und war ausgestiegen, nur hinderten sie die Schneemassen, näher zu kommen. Trotzdem hatte sie Helmuts Ankündigung genau verstanden, denn wenn etwas funktionierte, dann ihr fast 80-jähriges Gehör und ihr Mundwerk.

Musste sich Vaters Gefährtin immer in alles einmischen? Auch wenn sie ihren Schwager im Allgemeinen nicht schätzte, fand Kerstin seinen aktuellen Vorschlag gar nicht so schlecht. Was sollten sie sonst tun? Es schneite immer noch wie bekloppt, und da drinnen wären sie wenigstens im Trockenen. Und ganz so kalt wäre es wahrscheinlich auch nicht. Alles Weitere würde man sehen.

»Hast du einen besseren Vorschlag, Lilo? Dann lass mal hören«, giftete Kerstin in Richtung der alten Dame, die nicht antwortete und umgehend ins Auto stieg.

Inzwischen war auch Jörg zu dem Grüppchen gestoßen. Er boxte Kerstin freundschaftlich in die Seite und gab ihr einen Kuss auf die Wange.

»Na, Schwesterherz, ist doch super hier, oder?«

Das schien er tatsächlich ernst zu meinen. Aber so war er nun mal, ihr großer Bruder – immer locker, immer gut drauf.

»Und, was schlägst du vor, was wir jetzt machen sollen?«

Charmant lächelnd zog Jörg die Schultern hoch.

»Keine Ahnung. Habt ihr keinen Plan?«

Statt einer Antwort zeigte Helmut den Wagenheber in seiner Hand.

»Du meinst, du willst da einbrechen? Tja, warum nicht. Wir haben schließlich reserviert und immer noch besser als hier draußen zu erfrieren, oder?«

Jörg lachte und warf einen Zustimmung heischenden Blick in die Runde.

»Ich weiß nicht«, zögerlich wiegte André seinen Kopf, »könnte das nicht Ärger geben?«

»Oh Mann, André«, Kerstin verdrehte die Augen, »mir frieren bald die Füße ab! Das wird ja wohl jeder verstehen, dass wir in unserer Situation hier so handeln mussten!«

»Selbst die Volkspolizei!«, lachte Helmut hämisch, und die anderen nickten grienend.

»Wenn ihr meint«, fügte sich André, dem das Vorhaben offensichtlich zu heikel war, und folgte ihnen hinüber zum Hotel, dessen verglaste, dreiflügelige Eingangstür unter einem kleinen Vordach lag.

»Wo sollen wir anfangen?«, fragte Helmut, als sie direkt davorstanden. »Oder möchte erst jemand versuchen, das Schloss zu knacken? Freiwillige vor!«

»Psst! Seid doch mal leise!«, machte Kerstin, die sich endlich die erste Zigarette seit der letzten Rast angezündet hatte, plötzlich zu den anderen, »hört ihr das auch?«

»Ich hör nix.«

»Ach Papa, ist auch ziemlich weit weg, und so gut ist dein Hörgerät leider nicht, fürchte ich«, lächelte Kerstin ihren Vater an, »aber ihr andern, hört doch mal! Ist das ein Räumfahrzeug?«

Alle standen bewegungslos unter dem Vordach, hielten den Atem an und lauschten. Tatsächlich, ein Motorengeräusch war zu vernehmen, das langsam näher kam.

»Also ich finde, das klingt eher wie so 'n kurzatmiger Trabbi«, kommentierte Helmut spöttisch, »mit Schneeketten!«

Wenig später tauchte ein Lichtkegel zwischen den Bäumen auf, dann rauschte mit ohrenbetäubendem Fauchen und Knattern ein Gefährt heran, das kurz vor ihnen abbremste. Zwei Personen saßen auf dem roten Ding mit einem weißen Rallyestreifen, das nicht mehr das Neueste zu sein schien und wie ein Panzer auf zwei Raupen fuhr. Hinten stieg grauweißer Rauch auf, vorne schaute eine Kufe heraus.

»Boah, ein richtig altes Snowmobil. Krass!«, freute sich Lukas, der mittlerweile auch aus dem Auto gekommen war.

Der hinten sitzende Passagier stieg von dem Motorschlitten, bedankte sich beim Fahrer fürs Mitnehmen und winkte allen fröhlich zu. Als der Mann im Polaranorak mit seinem aufgeschnallten Rucksack näher kam, starrte Kerstin ihn ungläubig an.

»Burkhard! Wo kommst du denn her?«, fragte sie entgeistert. Bei seinem Anblick meldeten sich sofort Schuldgefühle, die sie aber trotzig zu ignorieren versuchte.

»Von drauß vom Walde – nie waren diese Worte so wahr wie heute!«

»Und was willst du hier?«

»Vielleicht Weihnachten feiern?«, meinte er spöttisch lächelnd, als er bei ihr angekommen war und schob die fellgefütterte Kapuze vom Kopf. Kerstin, die in dem Moment am liebsten unsichtbar geworden wäre, reichte ihm förmlich die Hand.

»Woher weißt du überhaupt, dass wir hier sind?«

»Super, dass du gekommen bist, Burki!«, freute sich Lukas, stürzte auf ihn zu und fiel ihm um den Hals.

Na warte, dachte Kerstin, mit dir muss ich später noch ein ernstes Wort reden, mein Sohn. Sie verstand ja durchaus, dass Lukas gern mit seinem Vater an Weihnachten zusammen sein wollte, aber er hätte schließlich vorher fragen können.

Inzwischen hatte die wie ein Eskimo gekleidete Person den Motor abgestellt und war vom Fahrzeug gestiegen. Als sie unter dem Vordach im schwachen Licht der Laterne ihre dicke Fellmütze abnahm, kam das perfekt geschminkte Gesicht einer Frau unter kurzen, schwarzen Haaren zum Vorschein.

»Guten Abend! Mein Name ist Nicole Winter …«

»Wie heißen Sie?«, unterbrach sie Jörg mit einem bitteren Lacher, »das glaub ich jetzt nicht!«

»Mein Name ist Nicole Winter, ich kann nichts dafür. Ich bin die Hotelchefin und muss mich wohl als Erstes bei Ihnen entschuldigen …«

Sie kam nicht weiter, denn vielstimmiger Unmut schlug ihr entgegen. Einen Moment hörte sie sich die

Vorwürfe und Beschimpfungen nickend an, erst nach mehreren Versuchen gelang es ihr schließlich weiterzureden.

»Also, wie gesagt, ich entschuldige mich in aller Form, dass man Ihnen anscheinend nicht rechtzeitig mitgeteilt hat, dass wir schließen. Natürlich bekommen Sie Ihre Anzahlung zurück ...«

»Anscheinend nicht rechtzeitig ist sehr nett ausgedrückt. Wir verlangen eine Entschädigung!«, rief Helmut aufgebracht, »schließlich versauen Sie uns damit das ganze Weihnachtsfest!«

»Selbstverständlich haben Sie recht, das hätte niemals passieren dürfen, natürlich müssen wir auch über eine Entschädigung reden.«

Diese Frau Winter verhielt sich ausgesprochen korrekt. Sie war nicht unbedingt herzlich, fand Kerstin, doch trotz der teils heftigen Anwürfe ihrer aufgebrachten Umgebung war sie von professioneller Freundlichkeit.

»Aber jetzt, wo ich Sie glücklicherweise hier gefunden habe, möchte ich Ihnen erst einmal ein kurzfristiges Angebot machen ...«

»Wie? Wollen Sie uns mit Ihrem Oldtimer alle einzeln aus dieser Schneehölle herausfahren, oder was? Schönen Dank!«

Helmut war auf Krawall gebürstet.

»Das ist vielleicht keine so gute Idee. Abgesehen davon, dass ich gar nicht wüsste, wo ich Sie heute alle hier in der Nähe unterbringen könnte. Nein, ich wollte Ihnen vorschlagen, den Heiligabend in der Bergvilla zu verbringen und hier zu übernachten. Ich kann die Heizung aufdrehen, den Strom einschalten, die Zimmer im Haupthaus sind eh noch hergerichtet, es gibt Lebensmittelvorräte, der Weinkeller ist auch noch nicht leer – also, etwas improvisiert und natürlich ohne Personal könnten Sie hier Weihnachten feiern. Was meinen Sie?«

KAPITEL III

Kerstin fror. Das Hotelzimmer war geräumig, ganz geschmackvoll eingerichtet, das Bad konnte man von der Ausstattung her fast luxuriös nennen, doch allem war anzumerken, dass seit der letzten Instandsetzung schon einige Zeit vergangen war. Vor allem aber waren die Räume in den paar Tagen ohne Heizung ganz schön ausgekühlt. Immerhin fühlten sich die Heizkörper nun schon lauwarm an. Kerstin zog die nassen Schuhe und Strümpfe aus, auch die bis zu den Knien unangenehm feuchte Hose musste sie wechseln. André kam mit einem Handtuch um die schmalen Hüften aus dem Bad.

»Na, soll ich dir die Beinchen warmrubbeln, mein Schneckchen?«, fragte er unternehmungslustig und sah sie mit diesem speziellen Blick an. Oh ja, dachte Kerstin, und im nächsten Moment, oh nein, und wenn du noch einmal Schneckchen zu mir sagst … André schien es richtig gut zu gehen, seit sie ein Dach über dem Kopf hatten und vor allem seit klar war, dass sie nicht unter Anwendung von Gewalt in das Hotel eindringen mussten und sich damit womöglich strafbar machten.

»Danke, ich schaff das allein.«

»Schade. Ich dachte, wir könnten vielleicht …«, versuchte es André noch einmal, »unter der Bettdecke wird dir bestimmt richtig warm. Dafür werd' ich schon sorgen.«

Sie ignorierte seine auffordernde Miene und drehte sich demonstrativ weg.

»Beeil dich, wir müssen gleich runter in die Bar«, ermahnte sie ihn und zog sich die Hose an.

André schien bisher gar nicht wahrzunehmen, dass sich ihre Beziehung in der letzten Zeit stark verändert hatte, und irgendwie tat er ihr auch leid. Andererseits empfand sie ihn als zunehmend anstrengend, gerade jetzt gingen ihr so viele Dinge im Kopf herum. Sie musste sich erst mal sortieren, nachdem Burkhard hier aufgetaucht war. Mehr als neun Monate waren vergangen, seit sie ihn das letzte Mal gesehen hatte. Da war er nach seinem spontanen Auszug aus der gemeinsamen Wohnung kurz vorbeigekommen, um ein paar von seinen Sachen zu holen.

Sie hatten sich einvernehmlich getrennt. Es sollte nur vorübergehend sein, ein paar Wochen, ein paar Monate vielleicht. Sie beide waren der Ansicht, ein wenig Abstand würde ihnen nach fast 20 Jahren bestimmt gut tun. Kerstin war sich sicher, Burkhard würde zurückkommen. Was sie damals nicht ahnte, war, dass sie ihrer selbst nicht sicher sein konnte.

Beim Gedanken an ihre letzte Begegnung spürte Kerstin, wie ihr die Röte ins Gesicht stieg. Selbstverständlich hatte Burkhard seinen eigenen Wohnungsschlüssel benutzt. Und sie im Bett mit einem Mann vorgefunden. Drei Wochen nach seinem Auszug. Natürlich hatte er sich hintergangen gefühlt. Doch die Dinge hatten sich eben ganz anders entwickelt als geplant. Ihre Schuld.

Burkhard also. Jetzt war er hier, und bei seinem Anblick hatte sie fast so etwas wie Freude verspürt, was sie aber nicht zulassen wollte. Sie hatte sein Vertrauen missbraucht, ihre langjährige Beziehung einfach so verspielt und konnte sich sehr gut vorstellen, wie verraten sich Burkhard wahrscheinlich vorkam.

Die winterlichen Outdoorklamotten und sein neuer Dreitagebart standen ihm gut, musste sie zugeben. Irgendwie verwegen sah er aus. Dazu passte auch seine Entscheidung, sich kurzerhand zu Fuß mit seinem Rucksack mit dem Nötigsten auf den Weg zu machen, als er an dem Abzweig zum Hotel mit dem Auto nicht mehr weitergekommen war. Das war im Tiefschnee natürlich ein sehr mühsames Unterfangen. Aber so eine Aktion war typisch für ihn, er war von jeher ein draufgängerischer Naturbursche gewesen.

Burkhard hatte schon ein Drittel der Strecke zurückgelegt, wie er erzählte, als Frau Winter ihn mit ihrem Motorschlitten aufgegabelt hatte. Sie war unterwegs, um in ihrem Hotel die Heizung zu kontrollieren, denn das Haus und seine Einrichtung sollten bei der extremen Witterung keinen Schaden erleiden. Durch Burkhard hatte sie offenbar erst erfahren, dass ein paar gebuchte Gäste keine Absage erhalten hatten und nun wahrscheinlich vor verschlossener Tür standen, weshalb sie den massiven Vorwürfen von Kerstins Truppe nicht unvorbereitet begegnet war.

Es hatte eine ganze Weile gedauert, bis die Familie Einigung erzielt hatte, das Angebot anzunehmen und im Hotel Weihnachten zu feiern – mangels Alternativen blieb ihnen letztlich gar keine Wahl. Schließlich hatte die Chefin die Tür aufgeschlossen und sie hineingebeten. Sie hatte ihnen die Zimmer und alle weiteren Räumlichkeiten gezeigt, das Restaurant, die Bar, die Vorratsräume und die Küche ebenso wie die Treppe zum Weinkeller. Alles wirkte wie in Dornröschens Schloss – wie gerade eben zurückgelassen vom Personal, das plötzlich in einen tiefen Schlaf gefallen war. Nicole Winter zog sich mit Jörg und André, weil die gerade neben ihr standen, hinter den Empfangstresen zurück, um sie in die Handhabung der Haustechnik einzuweisen, und erklärte ihnen den Sicherungskasten für die Stromversorgung. Außerdem zeigte sie ihnen den Lageplan, der dort an der Wand hing. Als das erledigt war, übergab sie André das dicke Schlüsselbund fürs Haus. So macht man zwei Böcke zum Gärtner, dachte Kerstin, die Andrés und ihres Bruders Unvermögen in technischen Dingen lebhaft vor Augen hatte.

»Gut, nun wissen Sie alles, was nötig ist, um es hell und warm zu haben. Ich hoffe, die Räume heizen sich schnell wieder auf. Suchen Sie sich die schönsten Zimmer aus, Sie haben ja die freie Wahl. Das Schwimmbad ist nicht benutzbar, das ist abgelassen, und ein Netz oder WLAN steht leider auch nicht zur Verfügung«, bedauerte Frau Winter, »aber Sie können gern den Saunabereich nutzen, einen Fitnessraum gibt es auch. Speisen und Getränke sind in den Kühlräumen noch ausreichend vorhanden, der Weinkeller ist auch noch ganz gut gefüllt, also bitte bedienen Sie sich ganz nach Herzenslust. Ich wünsche Ihnen einen schönen Abend, machen Sie es sich so gemütlich wie möglich, trotz allem. Frohe Weihnachten!«

Nachdem die Hotelchefin sich verabschiedet hatte, schaufelte André mit einer Schippe, die er sich irgendwo besorgt hatte, einen Pfad durch den hohen Schnee zu den geparkten Autos, und die Männer holten das Gepäck. Auch Papa wollte sich unbedingt beteiligen und ließ sich nicht davon abhalten, zumindest Lilos Kosmetikkoffer eigenhändig zu transportieren.

Anschließend suchten sich alle ihre Zimmer aus. Das dauerte eine Weile, denn zum einen war der wohl Hundert Jahre alte Bau ziemlich verwinkelt und unübersichtlich, zum anderen gab es natürlich Sonderwünsche. Anke wollte die Zwei-Zimmer-Suite mit Balkon im zweiten Stock, so wie sie es gebucht hatte. In dem einen Raum sollten die Kinder schlafen. Natürlich weigerten sich Charlotte und Emily und setzten schließlich ein eigenes Zimmer für sie beide durch. Lieber noch wäre Charlotte ein Einzelzimmer gewesen, doch da blieb ihre Mutter kompromisslos. Auch Lilo reklamierte für sich selbstverständlich eine Suite, und da es nur eine pro Stockwerk gab, zog sie mit Papa in die erste Etage. Lukas quartierte sich rechts und Burkhard links des Zimmers von Kerstin und André ein.

»Ich finde, du hättest mit mir besprechen sollen, ob dein Vater mit uns Weihnachten feiern soll«, nutzte

Kerstin einen Moment, den sie allein in Lukas' Zimmer waren.

»Ja, schon«, murmelte der Junge schuldbewusst.

»Aber vielleicht hättest du Nein gesagt. Und außerdem war das doch eine geile Überraschung, oder?«, sagte er mit einem Grinsen und schaute sie aufmerksam an. Kerstin hob vage die Schultern. Lukas war ihre leise Freude bei Burkhards Ankunft wohl nicht entgangen.

Eine Viertelstunde später setzten sie sich in der Hotelbar zusammen, die in minimalistischem Design in Schwarz und Rot mit asiatischen Anklängen gehalten war. Als Kerstin zu den anderen stieß, setzte Burkhard gerade den Kamin in Gang, in dem sogleich ein gemütliches Feuer prasselte, in dessen Nähe die Raumtemperatur merklich stieg.

»Papa, wollen wir jetzt kurz reden?«

»Ja, gute Idee.«

Kerstin zog sich einen Stuhl neben ihren Vater. An dessen anderer Seite führten Lilo und Ingeborg eine angeregte Unterhaltung.

»Wir müssen ja auch nicht lang palavern«, sagte er mit gesenkter Stimme, »Helmut hat mich gestern angerufen. Anke geht's nicht gut …«

Forschend sah Kerstin den alten Herrn an.

»Das Übliche?«

Er nickte.

»Ich wollte nur, dass du gewarnt bist. Bei ihr weiß man ja nie, wozu sich das auswächst.«

»Danke, Papa, ich hab ein Auge drauf.«

Er drückte ihr dankbar die Hand. Jörg hatte sich hinter dem Tresen postiert und erfüllte die Getränkewünsche der anderen, was er als Besitzer zweier Restaurants mit entspannter Routine erledigte.

Pamela assistierte ihm. Mit ihr war Jörg schon fast drei Jahre zusammen, ein absoluter Rekord, was die Beziehungsdauer anbetraf im Reigen der unzähligen Verflossenen des mittlerweile 50-Jährigen. Dabei passte Pamela weder vom Alter – sie war zwei Jahre älter als er – noch vom Aussehen in sein Beuteschema. Sie war klein, etwas rundlich, dabei sehr sportlich, ein echtes Kraftpaket mit einem kastanienrot gefärbten Lockenkopf. Ganz früher war Pamela Lehrerin gewesen, hatte den Job aufgegeben, war durch die Welt gereist, bis sie schließlich auf La Palma hängen blieb, wo sie ein Café eröffnete. Außerdem gab sie Yogakurse, und seit Neuestem schrieb und veröffentlichte sie Krimis, die auf ihrer Insel spielten. Obwohl sie inzwischen viel Zeit bei Jörg in München verbrachte, hatte sie ihr Café auf den Kanaren nicht aufgegeben. Man weiß ja nie, kommentierte sie das. Sie jedenfalls wusste, was sie wollte, und verfügte über scheinbar unbegrenzte Energie. Sie war das genaue Gegenteil von Jörg und sagte ihm deutlich, wo es langging. Endlich mal jemand.

Kerstin und Pamela begrüßten sich herzlich. Sie mochten sich, vielleicht weil sie sich in mancherlei Hinsicht nicht unähnlich waren.

»Schön, dass wir uns mal wiedersehen! Irgendwie schaffen wir das ja nie nach Berlin.«

»Ja, schade. Aber du siehst heute wieder klasse aus, Pamela, wie immer!«

In der familiären Runde fiel Jörgs Freundin auf wie ein Paradiesvogel. So wie ihre Art zu leben war auch ihre Art sich zu kleiden äußerst individuell und unabhängig von irgendwelchen Modediktaten. Ihren dunkleren Teint verdankte Pamela ihrer ghanaischen Mutter, vielleicht auch ihren fantasievollen Kleidungsstil. Pamela trug gern lange Röcke, wild gemustert, schlang sich bunte Tücher als Turban um den Kopf, in den Ohren schaukelten riesige Creolen, an den Armen reihte sich eine ganze Kollektion von Armreifen – Pamela konnte aus allem ein modisches Accessoire machen und vermittelte stets eine ganz eigene Eleganz.

»Danke, das hört frau doch immer wieder gern! Und wie geht's dir?«

»Ach ja, geht so, immer viel zu tun.«

»Na, das klingt ja nicht so supertoll«, meinte Pamela mit prüfendem Blick, »pass auf dich auf, Schatzi, es gibt noch ein richtiges Leben im falschen.«

Sie fasste Kerstins Hand.

»Wir quatschen später mal in aller Ruhe.«

»Unbedingt, das machen wir. Kannst du mir bitte einen leckeren alkoholfreien Cocktail mixen?«, fragte Kerstin und zog ihre Hand zurück. Pamelas Fürsorge war lieb gemeint, doch vor den anderen war sie ihr auf eine Art unangenehm. Jemand wie Kerstin hatte keine Probleme, sie löste höchstens welche, nämlich die von anderen Leuten.

»Klar, ich schau mal, was da ist«, antwortete Pamela, »du bist ja ganz schön eisern mit deiner Abstinenz! Bravo!«

»Es bleibt mir nichts anderes übrig. Als ich's neulich mal wieder mit ein paar Schlucken Wein probiert habe, fühlte es sich an wie ein Vollrausch, und es ging mir noch am nächsten Tag furchtbar schlecht.«

»Nee, das brauchst du wirklich nicht. Cocktail kommt gleich.«

»Bekomme ich auch so einen Drink wie meine Schwester, liebe Pamela?«, rief Anke laut in Richtung Tresen. Als sie Kerstins skeptischen Blick bemerkte, schenkte sie ihr ein breites Lächeln.

»Aber klar, sehr gerne!«, gab Pamela freundlich zurück. Leise klingelten ihre Armreifen, während sie die Zutaten in den Shaker gab.

»Meine Damen, was mögt ihr trinken? Einen Mai Tai vielleicht? Wie wär's mit einem Cuba Libre, Ingeborg?«

Papa ist wieder ganz in seinem Element, lächelte Kerstin in sich hinein. Nachdem sie und ihre Geschwister aus dem Haus waren, war er mit Mutter oft und gern verreist. Sie hatten es geliebt, die Hotelbars dieser Welt unsicher zu machen. Nicht lange, nachdem Mutter gestorben war, hatte er sich allein auf Reisen begeben. Und irgendwann war er von einer Kreuzfahrt mit Lilo zurückgekommen. Sie sah sehr gut aus für ihr Alter, das musste Kerstin ihr zugestehen, sie war unabhängig und vermögend und reiste genauso gern wie Papa. Im Gegensatz zu Kerstins ruhigem Vater redete Lilo ohne Punkt und Komma. Wenn man ihr bei Tisch nicht grob ins Wort fiel, gab es kaum eine Chance, ihren Redefluss zu unterbrechen. Und was das Schlimmste war, sie plapperte ziemlich viel hohles Zeug – fand Kerstin jedenfalls und fragte sich, wie ihr Papa das nur ertragen konnte. Wahrscheinlich verstand er vieles zum Glück nicht, so schwerhörig wie er war. Kerstin hatte den Verdacht, dass er zwischendurch auch mal sein Hörgerät ausschaltete und zu allem einfach nur zustimmend nickte, denn anderes erwartete Lilo sowieso nicht.

An dem abgewandten Blick und den Fingern, die gelangweilt an der edlen Handtasche spielten, erkannte Kerstin sofort, dass sie immer noch in Ungnade gefallen war, seit sie Lilo in der Diskussion um Helmuts forsche Einbruchsidee so rabiat abgewürgt hatte. Lilo war gekränkt und ignorierte sie. Wäre es nach Kerstin gegangen, hätte das ruhig so bleiben können. Die Sendepause war durchaus erholsam. Doch ihrem Papa, der dann zwischen den Stühlen saß, konnte Kerstin das nicht antun.

Deshalb gab es in den paar Jahren, die sie Lilo inzwischen kannte, ständige Hochs und Tiefs in ihrer beider Beziehung. Meist fand die Freundin ihres Vaters, Kerstin habe sich ihr gegenüber ungebührlich verhalten. Gerne mischte sich Lilo in Dinge ein, die sie nach Kerstins Dafürhalten nicht das Geringste angingen, ob das nun Erziehungsfragen, berufliche oder familiäre Angelegenheiten waren. Lilo meinte, von allem etwas zu verstehen, und versorgte einen ungefragt mit ihren Ratschlägen, von denen sie selbstverständlich erwartete, dass man sie annahm. Und Kerstin machte ihr des Öfteren deutlich, dass sie weder ihre Meinung noch ihre Empfehlungen interessierten. Das gehörte sich nicht, fand Lilo, und dann war Eiszeit angesagt.

Aber natürlich versuchte Kerstin gegen ihre innere Abwehr immer wieder die Wogen zu glätten, denn Papa war richtig aufgeblüht, seit er mit Lilo zusammen war. Für ihn freute sich Kerstin, dass er das in seinem Alter noch einmal erleben durfte. Was auch immer sie von dieser Frau hielt, ihr Papa liebte sie.

Da Lilo jetzt nicht den Blick hob, begrüßte Kerstin erst einmal Andrés Mutter, die in einem dunklen Kostüm mit weißer Bluse und einer nicht zu deutenden Miene auf der Sesselkante saß und ihre Umgebung musterte. Ingeborg wurde im nächsten Jahr 70, die beste Zeit ihres Lebens lag mehr als ein Vierteljahrhundert zurück. Damals hatte sich der Staat, an den sie geglaubt hatte, plötzlich aufgelöst und damit wohl auch ihre eigene Identität. Daran schien sie noch heute zu leiden.

Stets kleidete sich Ingeborg in sehr korrekte Kostüme, die sie erheblich älter aussehen ließen. Auch sie war so ein Familienmitglied, auf das Kerstin gut hätte verzichten können. Doch seit ihrer Hochzeit mit André im letzten Sommer, hatte man sich eh nur einmal gesehen, da Ingeborg in Leipzig wohnte. Und wahrscheinlich würde dieses erste gemeinsame Weihnachtsfest ja auch das letzte sein ...

»Ingeborg, schön, dich zu sehen! Wie geht es dir? Wie war die Anreise?«

»Es geht so«, war die schmallippige Antwort, »Lilo und dein Vater haben mich in Suhl vom Bahnhof abgeholt. Du konntest ja nicht sagen, wann ihr in Berlin losfahrt und ob ihr mich mitnehmen könnt.«

»Nein, das konnte ich nicht. Wie du vielleicht weißt, habe ich eine eigene Firma, und da kann ich nicht einfach sagen, interessiert mich nicht, wenn plötzlich ein Problem auftaucht«, bestätigte Kerstin kühl und beugte sich mit einer angedeuteten Umarmung zu Andrés Mutter. Ingeborg fühlte sich immer persönlich benachteiligt. Dass ihre Schwiegertochter als Chefin einer renommierten Unternehmensberatung tatsächlich am Heiligabend kurz in ihrem Büro vorbeischauen musste und sie nicht abholen konnte, war für Andrés Mutter nur ein weiterer Beweis der Geringschätzung ihrer Person.

Bei Kerstins Hochzeit hatten sich Ingeborg, Lilo und Papa kennengelernt. Die älteren Herrschaften, vor allem die beiden Frauen, schienen sich gut zu verstehen, was Kerstin immer wieder erstaunlich fand, und hatten sich sogar schon gegenseitig besucht. Insofern waren Papa und Lilo der Bitte Kerstins, sich um die Anreise ihrer Schwiegermutter zu kümmern, wirklich gerne nachgekommen.

»Aber dann hat das doch prima geklappt bei dir!«

Als Ingeborg nur mit einem Achselzucken antwortete, drehte sich Kerstin dem anderen schweren Fall zu.

»Hallo, Lilo! Wie siehst du wieder gut aus! Tolle Haarfarbe!«

Dieses Kompliment zog immer, da Lilo ständig mit neuen Varianten experimentierte. Verunsichert ob der begeisterten Begrüßung zupfte die Angesprochene kurz an einer Haarsträhne, dann besann sie sich und streckte eine Hand aus.

»Guten Tag, Kerstin«, sagte die alte Dame betont förmlich, konnte aber nicht umhin, auf die Schmeichelei einzugehen. »Findest du mein Haar nicht zu hell? Meine Friseurin hat mir die Tönung empfohlen, Mittelblond-Toffee. Ich dachte ja erst, ist vielleicht zu gewagt, aber …«

»Nein, steht dir ausgezeichnet und macht dich noch jünger, als du ohnehin schon aussiehst!«

Ein satter Schlag auf dem chinesischen Gong, der in einem Holzstativ neben der Bar hing, hinderte Lilo daran, weiter über ihre Haarfarbe zu philosophieren. Anke legte den Schlegel beiseite und wedelte mit einem Papier in ihrer Hand. Ihre Amethyst-Ohrgehänge funkelten passend zum auberginefarbenen Rolli. Kurz streifte sie Kerstin mit einem prüfenden Blick, die sich daraufhin sofort unwohl in der bequemen Jogginghose fühlte, die sie zu dem grauen Sweatshirt, das sie seit heute Morgen trug, kurzerhand übergestreift hatte. Was hinter der Stirn ihrer schönen Schwester vorging, war Kerstin völlig klar, aber war Aufbrezeln nicht erst zur Bescherung angesagt?

Stil, Geschmack und Eleganz waren Anke in die Wiege gelegt worden. Schon als ganz kleines Mädchen hatte sie feste Vorstellungen gehabt, welche Kleidungsstücke sie anziehen und wie sie ihr Haar tragen wollte. Wenn ihr etwas nicht gefiel, hatte sie so lange heulend protestiert, bis man ihr ihren Willen ließ. Im Lauf der Jahre hatte die erwachsene Anke ihr Erscheinungsbild immer weiter optimiert. Egal, ob es ihr gut oder schlecht ging, Hauptsache, die Fassade glänzte. Stilsicheres Auftreten war das einzige Terrain, auf dem sich Kerstin ihrer Schwester unterlegen fühlte. Aber sie fand das schlicht nicht so wichtig, hielt es für eine völlig überschätzte Äußerlichkeit.

»So, ihr Lieben, nachdem wir nun glücklicherweise den Heiligabend nicht in freier Wildbahn verbringen müssen, sollten wir vielleicht mal über den weiteren Verlauf sprechen, oder? Immerhin ist es schon kurz vor 18 Uhr. Ich habe einen Plan gemacht und schlage vor, dass wir demnächst mit der Bescherung anfangen.«

Zustimmendes Nicken allgemein.

»Ja, mach nur einen Plan! Sei nur ein großes Licht!«, sang Papa leise, von Ingeborg irritiert beäugt, »und mach dann noch 'nen zweiten Plan, geh'n tun sie beide nicht … Kennst du bestimmt, Ingeborg: Brecht, Dreigroschenoper, war bei euch doch 'ne große Nummer!«

»Papa, darf ich weitermachen?«, fragte Anke mit einem gezwungenen Lächeln. Sie bekam ein freundliches Nicken als Antwort. Ihre Schwester stand schon wieder unter Stress, merkte Kerstin. Das Ziel war jetzt wahrscheinlich das perfekteste Weihnachten, das je eine Familie bei einer Schneekatastrophe in einem geschlossenen Hotel gefeiert hatte.

»Ich habe gesehen, es gibt im Restaurant einen geschmückten Weihnachtsbaum. Und einen Flügel. Damit hab ich vor einer Stunde, als wir noch draußen in dieser erbarmungslosen Schneewüste saßen, wirklich nicht gerechnet. Das ist doch genau richtig für die Bescherung!«, jubilierte Anke.

»Gut. André übernimmst du es bitte, genügend Stühle für alle bereitzustellen und rechtzeitig die Kerzenbeleuchtung einzuschalten? Die hoffentlich mit Namen gekennzeichneten Geschenke geben wir alle an dich, Kerstin. André und du, ihr verteilt sie unter dem Baum, für jeden übersichtlich angeordnet. Und ein bisschen nett sollte es bitte auch aussehen.«

Nach einem Blick auf ihre Liste fuhr Anke fort:

»Helmut wird inzwischen schauen, dass wir was Leckeres zum Essen bekommen, gell Schatz? Er hat sich schon die Vorräte angesehen und meint, da kann er was draus machen. Abendessen gibt es, wenn er es fertig hat.«

Helmut nickte selbstgewiss.

»So gegen Mitternacht dann?«, fragte Kerstin spitz, eingedenk der aufwendigen Kochorgien ihres Schwagers, die oft mit zweifelhaftem Ergebnis endeten. Anke überhörte den Einwurf.

»Helmut freut sich in der Küche natürlich über Unterstützung. Jörg und Pamela, ihr inspiziert den Weinkeller und sorgt auch für alle anderen Getränke. Und ihr Kinder«, damit wandte sich Anke zu Lukas und ihren beiden Töchtern, »ihr richtet den Tisch her.«

Emily und Charlotte kicherten mit einem Blick auf ihren großen Cousin, der nur die Augen verdrehte.

»Burki, hilfst du uns?«, fragte Lukas seinen Vater.

»Klar, wenn es sonst keine wichtige Aufgabe für mich gibt!«

»Und was macht Opa? Und Lilo und so?«, wollten die beiden Mädchen von Anke wissen.

»Die dürfen sich noch ein bisschen ausruhen.«

»Na ja, die sind ja auch schon ganz schön alt.«

Die Kinder nickten verständnisvoll, Lilo schüttelte indigniert den frisch gefärbten Kopf.

»Und was machst du, Mama?«

»Ich schau, dass alles klappt.«

»Richtig so. Ohne die Oberaufsicht von unserem Schwesterchen würden wir das sicher alles nicht hinkriegen«, lästerte Kerstin und prostete mit ihrem bunt gefüllten Cocktailglas in Ankes Richtung.

»Kannst du vielleicht mal damit aufhören? Oder möchtest du die Regie übernehmen, Kerstin? Ich bin da nicht scharf drauf, aber wenn ich es nicht mache ...«, kam es bissig zurück, doch an der unsicheren Stimme merkte Kerstin, wie dünn die Haut ihrer Schwester schon wieder war. Sie senkte den Blick und ärgerte sich über sich selbst. Warum konnte sie ihre Klappe nicht halten? Wieso musste sie Anke immer provozieren, wo sie doch um deren Problem wusste? Vielleicht gerade deswegen? Doch Anke hatte sich gleich wieder im Griff.

»Einen schönen Abend wünsche ich uns allen«, lächelte sie, »wir treffen uns in einer halben Stunde unterm Weihnachtsbaum.«

»Ich wollte jetzt auch noch was sagen, ihr Lieben: Eingeschneit, Hotel geschlossen, das ist doch so egal! Wie schön, dass wir mal wieder alle zusammen Weihnachten feiern können. Das ist das Wichtigste. Prost, Gemeinde!«

An seiner etwas wackeligen Stimme erkannte Kerstin die Rührung ihres Vaters. Auch wenn er es normalerweise nicht so zeigte, keine besondere Zuwendung verlangte, sich nie beschwerte, dass seine Kinder alle weit weg von ihm wohnten, sie waren ihm eben sehr wichtig. Allein für ihn hatte sich die Reise hierher gelohnt, dachte Kerstin. Sie kannte niemanden, der so aufgeschlossen und verständnisvoll, so abgeklärt und umgänglich war wie ihr Papa. Mit jedem Jahr, das er älter wurde, schienen sich diese Eigenschaften zu verstärken.

Die Bescherung hätte man nach Kerstins Dafürhalten ohne großen Aufwand auch vor dem gemütlichen Kamin zelebrieren können, doch Anke bestand auf Traditionen. Ohne das Kerzenlicht des Weihnachtsbaums, wenn es auch nur elektrisch war, ohne ein Weihnachtslied und eine Weihnachtsgeschichte, die sie sicherlich selbst wieder zu Gehör bringen würde, verging kein Heiligabend. Und angemessen festliche Kleidung wurde auch erwartet.

Für André war es das erste Weihnachtsfest mit ihrer ganzen wunderbaren Familie, sinnierte Kerstin, wie auch für seine Mutter. Es würde ihm wahrscheinlich gefallen. André liebte Familienfeiern und Feste, wahrscheinlich weil er selbst groß geworden war ohne Geschwister, nur mit seiner Mutter und den Großeltern. Leider würde es aber, wenn es nach Kerstin ginge, sein letztes Weihnachten in diesem Kreis sein …

KAPITEL IV

Folgsam krabbelte Kerstin auf dem Boden herum, um gemäß Ankes Anweisung die bunt eingepackten Geschenke auf mehr oder weniger große Stapel unter dem Christbaum zu verteilen, die jeweils einem Familienmitglied zugedacht waren. Puh, ihr wurde ganz schön warm. Sie zog die Cashmerejacke aus, unter der das grüne Wickelkleid zum Vorschein kam, das sie sich schnell noch für Weihnachten zugelegt hatte. Es war ein Ausverkaufsmodell, aber mit dem Diamantanhänger am feinen Silberkettchen fand sie es richtig edel. Diesmal käme sie sich hoffentlich nicht wieder wie das Aschenputtel neben ihrer schönen Schwester vor. Außerdem hatte sie sich noch in hochhackige, schwarze Pumps gezwängt, sodass André bei ihrem Anblick beeindruckt durch die Zähne gepfiffen hatte.

Wo eigentlich war André? Er sollte doch hier auch was tun. Sie arrangierte weiter die Weihnachtsgeschenke und war fast fertig, als André endlich angerannt kam. Er trug sein schwarzes Dinnerjackett und ein weißes Hemd mit Fliege und sah darin so blendend aus wie ein Oscarnominierter.

»Wo warst du so lange? Ich hab gleich alle Geschenke verteilt.«

»Ich hab mich ein bisschen umgesehen, war einen Moment spazieren an der frischen Luft.«

»Spazieren? Bei dem hohen Schnee?«

»Immerhin hab ich einen Weg zu den Autos freigeschaufelt. Auch direkt am Haus entlang kann man gehen. Es ist ganz wunderbar draußen. Die Luft, die Stille, der Schnee.«

Verwundert schaute ihn Kerstin an. Als Liebhaber von Stille und Natur hatte sich ihr Mann bisher nie geoutet. Er schenkte ihr sein charmantes Lächeln und begann, die Stühle für die Bescherung in einem Halbkreis um den geschmückten Baum zu arrangieren. Auf seiner Stirn glitzerten ein paar Schweißperlen, er legte sein Jackett ab. Dass ihn diese leichte körperliche Tätigkeit so anstrengte, fand Kerstin erstaunlich. Schließlich bezahlte sie doch jeden Monat für sein Sportstudio, das edel und teuer war.

»Sag mal, Schneckchen, wie findest du eigentlich das Hotel?«, fragte er unvermittelt, »ist das nicht toll, diese Verbindung von Tradition und Moderne, der individuelle Stil, die exklusive Lage?«

Kerstin machte eine unbestimmte Geste.

»Ja, ganz nett. Viel hab ich ja noch nicht davon gesehen, aber eins weiß ich jetzt schon: Die haben hier einen ganz schönen Investitionsstau.«

»Ach wirklich, das ist dir schon aufgefallen?«

»So was seh ich sofort. Berufskrankheit.«

»Schade«, kurz wirkte André auf eine Art enttäuscht, dann strahlte er sie an: »Na, warte mal ab, wenn es wieder hell wird. Das Haus liegt wirklich einmalig, der

Blick ins Tal ist ein Traum! Ich fand's jedenfalls sehr beeindruckend, als ich mal hier gewesen bin.«

»Leider reicht das nicht, um erfolgreich ein Hotel zu betreiben, heute schon gar nicht. Warum, glaubst du wohl, haben die den Laden hier so Hals über Kopf geschlossen?«

Darauf blieb André eine Antwort schuldig, machte nur ein etwas ratloses Gesicht.

Es war dunkel, ein Geruch nach rohem Fleisch und nach altem Käse lag in der Luft, und vor allem war es saukalt. Mühsam kam Kerstin auf die Knie. Das rechte tat ganz schön weh. Wo war sie? Wie war sie hier gelandet? Sie wusste noch, dass sie fertig gewesen war mit dem Geschenkeverteilen, aber dann? Auch ihr Kopf schmerzte an einer Stelle. Sie tastete danach und spürte eine Beule. An ihren Fingern blieb etwas Feuchtes haften. Sie hatte sich scheinbar verletzt. Sie musste gestürzt sein.

Und dann fiel es ihr wieder ein: Wie sie nach dem Arrangieren der Geschenke noch einmal durch die Lobby und die Restauranträume geschlendert war, sich schließlich in der Küche an Schwager Helmut vorbeigeschlichen hatte, der dort werkelte und fluchte, da sie nicht die geringste Lust hatte, ihm zu assistieren, und im angrenzenden Vorratsraum die Tür zur Tiefkühlzelle geöffnet hatte. Einfach nur so aus Neugier. Na ja, vielleicht auch, um zu sehen, was es noch an Vorräten gab, falls Helmuts ambitionierte Kreationen ungenießbar waren. Vorsichtig hatte sie auf ihren hohen Schuhen die Schwelle überwunden. In dem Moment, als sie nach einem Lichtschalter tastete, war ihr die Tür in den Rücken gefallen und sie war nach vorn gekippt. Hatte die Tür sich selbständig gemacht oder hatte da jemand nachgeholfen? Aber wer sollte so etwas tun und warum? Wenn das ein Scherz sein sollte, dann war es ein ziemlich blöder. Ob sie wohl ohnmächtig gewesen war? Wahrscheinlich ja.

Ihre Zähne klapperten, sie konnte gar nichts dagegen tun. Wenn sie etwas hasste, dann war es Kälte. Aber fast noch mehr hasste sie die Dunkelheit, und in dieser Zelle war sie mehr als undurchdringlich. Wie lange war sie schon hier drin? Mist, wenn sie nur ihre Cashmerejacke nicht ausgezogen hätte! Obwohl, bei diesen arktischen Temperaturen hätte die wahrscheinlich nicht so viel genutzt. Aber auch das Handy steckte in der Jackentasche, mit dem sie wenigstens hätte leuchten können. Verdammte Neugier, hätte sie dieses Ding nur nie betreten!

Ein leises Summen setzte ein, als das Kühlaggregat ansprang. Als ob es nicht schon kalt genug hier drin war. Mit aller Macht unterdrückte Kerstin die Angst, die in ihr hochsteigen wollte, und krabbelte langsam in der tiefen Schwärze vorwärts, dann drehte sie um. Hinter sich vermutete sie die Tür, doch ihr Orientierungssinn täuschte, sie stieß an etwas, das sich wie ein Regal anfühlte. Es stand scheinbar frei im Raum, also kroch sie weiter, um an die Wand zu gelangen. Mann, wenn das bloß nicht so beißend kalt hier drin wäre! Die schicken Pumps hatte sie mittlerweile beide verloren, ihre Füße fühlten sich an wie Eisklötze. Auch ihre Brille war auf der Strecke geblieben, aber die hätte ihr in diesem schwarzen Loch eh nichts genutzt. Wieder ein Regal, doch diesmal gab es eine Wand dahinter. Ein Glück. Sie zog sich hoch. Nun nur noch an der Wand entlang, irgendwann musste ja die Tür kommen, und dann nichts wie raus aus dieser frostigen Hölle!

Da, da war die Tür! Daneben musste doch auch ein Lichtschalter sein. Sie strich mit beiden Händen am Türrahmen entlang. Super, sie hatte den Schalter gefunden! Erleichtert drückte sie darauf, doch außer einem Klicken tat sich nichts. Also doch im Dunkeln weitersuchen. Sie war wirklich kein ängstlicher Mensch, sie hielt sich sogar für ziemlich furchtlos, aber die Dunkelheit mochte sie gar nicht. Ganz bewusst atmete sie tief ein und aus, ein und aus, ein und aus – um das Entsetzen zu bekämpfen, das sich in ihr ausbreiten wollte.

Wo war der verdammte Türgriff? Sie wollte nur noch weg hier. Irgendetwas bekamen ihre Finger zu greifen, im gleichen Moment begannen sie zu schmerzen von dem mörderisch kalten Metall. War das so eine Art Hebel? Aber wie ließ sich der öffnen? Noch nie hatte sie mit einem Tiefkühlraum zu tun gehabt und von innen schon gar nicht. Es musste hier drin doch eine Möglichkeit geben, dieses Scheißding aufzubekommen! Schon aus Sicherheitsgründen. Sie kämpfte die erneut aufsteigende Panik nieder und trommelte mit aller Kraft gegen die Tür. Wo waren die anderen? Es war doch bestimmt bald Zeit für die Bescherung. Vermisste sie denn keiner? Bin ich so wenig beliebt, zweifelte sie? Mögen die mich nicht, weil ich manchmal so vorlaut bin?

Komischerweise musste sie plötzlich wieder an die Tage am Balaton denken. Vielleicht war sie ja dabei zu erfrieren, und man sagte doch immer, kurz vor dem Tod zöge das ganze Leben noch einmal an unserem inneren Auge vorbei ...

Auch damals gingen die längsten Ferien irgendwann zu Ende. Kerstin wollte sich ein Leben ohne ihren Traummann nicht mehr vorstellen. Also versuchte sie ihn zu überzeugen, seine Heimat zu verlassen und ihr in den Westen zu folgen. Doch das war für ihn überhaupt keine Option. Hätten nicht ihre beiden Mitreisenden ihr ständig ins Gewissen geredet, dass sie das ihrer Familie nicht antun könne, sie solle auch einmal an ihren vergötterten Vater denken – Kerstin wäre mit ihrem blonden Helden in die DDR gegangen, so unglaublich verliebt war sie.

Nach ihrer Rückkehr nach Westberlin wurde ihr klar, dass diese drei Wochen voller Liebesglück am Balaton die beste Zeit ihres Lebens gewesen waren. Sie bereute zutiefst, nicht alles dafür getan zu haben, um mit diesem wunderbaren Mann zusammenbleiben zu können. Er hatte ihr seine Adresse in Leipzig gegeben, doch sie bekam auf ihre Briefe nie eine Antwort, kein Zeichen von ihm, gar nichts. Es gab Tage, da gab sie sich nur noch ihrem Elend hin und lag stundenlang heulend auf dem Bett.

Als im November desselben Jahres die Mauer fiel, schöpfte sie neue Hoffnung. Aber jetzt kamen die Briefe, die sie weiterhin schrieb, zurück mit einem Stempel »Unbekannt verzogen«. Also reiste sie kurzerhand nach Leipzig, fand unter der Adresse eine heruntergekommene, leer stehende Villa in Leutzsch, die ein Bauzaun umgab. In der Nachbarschaft hieß es, der frühere Besitzer hätte sein Eigentum für sich reklamiert, und niemand konnte ihr sagen, wohin die ehemaligen Bewohner verschwunden waren. Kerstin verfiel in eine Depression, sie hatte die Liebe ihres Lebens verloren, kein Trost, keine Hoffnung, nirgends.

Aber pragmatisch wie sie war, lenkte sie sich mit ihrem Studium ab, machte einen glänzenden Abschluss, gründete ein Unternehmen und lernte Burkhard kennen. Der hatte sein ganzes Leben in Prenzlauer Berg verbracht und nicht studieren dürfen, weil er zu Ostberlins Punkszene gehörte. Er sah nicht mehr aus wie ein Punk, liebte aber immer noch die Musik und hasste alles Spießige. Sein Studium, das er nach der Wende endlich hatte aufnehmen können, betrieb er mit großem Fleiß und Engagement, da ähnelte er der zielstrebigen Kerstin.

Genauso wenig wie Männer sich nach ihr umdrehten, wurde auch Burkhard, der einfach ein netter Kerl war, von Frauen leicht übersehen. Er war kein strahlender blonder Held, nicht gerade ein feuriger Liebhaber, aber ehrlich, zuverlässig und besaß vor allem einen ganz eigenen Humor. Dass sie jahrelang ihrem Traummann vom Balaton nachgetrauert und ihn nie ganz vergessen hatte, verschwieg Kerstin ihrem neuen Freund. Als sie schwanger wurde, freute Burkhard sich total auf das

Baby und hätte nach Lukas' Geburt am liebsten sofort geheiratet. Das aber lehnte Kerstin ab.

Wahrscheinlich war das schon ein Fehler, dachte sie plötzlich wehmütig. Aber die ganzen Jahre – es waren mehr als 25 – hatte sie die heimliche Sehnsucht nach jenem Sommer und jenem Mann in ihrem Innersten bewahrt, der ihr in der Erinnerung die glücklichste Zeit ihres Lebens beschert hatte. Inzwischen wusste sie, das war ihr nächster großer Fehler gewesen. Dabei machte sie doch nie Fehler – hatte sie jedenfalls bisher immer geglaubt. Sie war stark, sie war erfolgreich, sie konnte alles erreichen, wenn sie es nur wollte. Und jetzt? Jetzt saß sie auch noch hilflos eingeschlossen in dieser eisigen Kammer, als ob ihr jemand ihre Ohnmacht vor Augen führen wollte. Sie fühlte sich total allein. Nie zuvor war sie sich so verloren vorgekommen, und das an Heiligabend. Kraft- und mutlos klopfte sie noch einmal gegen die Tür. Tränen rollten ihr übers Gesicht.

»Aua! Das brennt!«

»Muss aber sein. Ist gleich vorbei.«

Burkhard säuberte die Wunde an Kerstins Stirn und klebte ein Pflaster darüber. Sie saß auf einem Stuhl, den Lukas in die Küche geschleppt hatte.

»Hast Glück gehabt. Ist nur ein ganz kleiner Riss. Das heilt schnell wieder und gibt höchstens eine winzige Narbe. Und eine Gehirnerschütterung scheinst du ja auch nicht zu haben. Aber wenn dir schwindelig wird oder übel, der Nacken schmerzt oder du Schwierigkeiten beim Sehen bekommst, sagst du sofort Bescheid, ja?«

»Ja, Herr Doktor«, sagte Kerstin gehorsam. Wie Burkhard sich um sie sorgte! Das war seit ewigen Zeiten nicht mehr vorgekommen. Doch darauf konnte man nicht allzu viel geben. Er war nun mal Arzt und sah im Moment nur die Patientin in ihr.

»Hier Mama, deine Brille«, sagte Lukas, »die lag da drin auf dem Boden. Scheint zum Glück nicht kaputt zu sein.«

»Danke. Wer hat mich eigentlich gefunden?«

»Das war ich. Als du nicht zur Bescherung gekommen bist, hab ich mich gewundert. Und dann hat André oben in den anderen Stockwerken geschaut, Burki draußen, ob du vielleicht Rauchen gegangen bist, und ich bin hier unten rumgelaufen. Und dann hab ich es klopfen gehört.«

»Ach Lukas, du bist klasse! Wenn ich dich nicht hätte. Danke.«

Kerstin war überwältigt von dem Gefühl, dass es einen Menschen gab, der sich um sie sorgte, dass sie wenigstens ihrem Kind wichtig war. Sie zog ihren Sohn zu sich herunter und gab ihm einen dicken Kuss auf die Wange, was Lukas mit einem schiefen Lächeln geschehen ließ.

»Ich war so beschäftigt, hab gar nix gehört«, war Helmut vom Herd her zu vernehmen. Er klang schuldbewusst.

»Ist halt auch 'ne verantwortungsvolle Aufgabe, so ein spontanes Weihnachtsmenü. Verstehst du doch, Kerstin, oder?«

»Schon okay.«

»Sollte dieses Hotel jemals wieder öffnen, müsste man denen eigentlich die Gewerbeaufsicht auf den Hals hetzen. Das Licht in der Tiefkühlzelle kaputt und die Notöffnung von innen scheinbar auch. Das ist unverantwortlich! Allerdings ...«

Mit einem missbilligenden Blick hob Burkhard Kerstins High Heels in die Höhe.

»In diesen Dingern auf Erkundungstour in fremdem Gelände zu gehen und in gefliesten Arbeitsräumen über Metallschwellen zu steigen, ist bodenloser Leichtsinn. Was wolltest du eigentlich da drin?«

Das wusste Kerstin selbst nicht.

»Nur so, einfach mal gucken.«

»Hast du außer Helmut noch jemanden gesehen, als du durch die Küche gekommen bist?«

»Nein, hab ich nicht. Warum fragst du?«

»Vielleicht ist die Tür ja gar nicht von allein zugefallen ...«

»Glaubst du wirklich?«

Einen Moment stockte Kerstin. Genau darüber hatte sie vorhin ja auch schon nachgedacht.

»Nee, Quatsch, da war niemand«, widersprach sie vehement, »So was Blödes würde doch keiner hier machen.«

»Na gut. Aber in Zukunft bist du bitte etwas vorsichtiger, ja?«, befahl Burkhard streng, »im Übrigen solltest du dein dickes Knie kühlen. Da hast du wahrscheinlich einen ganz schönen Bluterguss drin. Und schonen musst du es. Flache Schuhe, hörst du?«

Das war Kerstin mehr als recht. Sie bevorzugte ja

ohnehin praktische Kleidung, privat erst recht. Es reichte ihr, die ganze Woche über in den immer gleichen Hosenanzügen und Kostümen auftreten zu müssen. Auch ihr, als Chefin eines weltweit operierenden Consulting Unternehmens, gelang es nicht, sich diesem Dresscode zu entziehen. Im Gegenteil, sie musste Vorbild für ihre Mitarbeiterinnen und Mitarbeiter sein. Meist überließ sie den Einkauf ihrer Businessuniform der Assistentin. Kerstin fragte sich, ob die meist männlichen Kunden wohl sehr irritiert wären, wenn ihre Beratertruppen plötzlich den beruflichen Einheitslook ablegten und in Jeans, Shirts und Turnschuhen erschienen.

Die eleganten, aber unbequemen High Heels hatte Kerstin sich André zuliebe zur Hochzeit zugelegt. Oh nein, wie berauscht war sie damals eigentlich? Wenn sie jetzt daran dachte, lagen diese Tage eine gefühlte Ewigkeit zurück und sie verstand sich selbst nicht mehr.

Die Küchentür sprang auf, und am energischen Schritt erkannte Kerstin sofort ihre Schwester. Da stand Anke auch schon vor ihnen, in einem dunkelbraunen Etuikleid mit einer Perlenkette um den Hals, das kastanienfarbene Haar zu einer lockeren Frisur getürmt. Das Braun der Wildlederpumps harmonierte perfekt mit dem des Kleides. Aha, das jetzt war das Festgewand.

»Wir wollten doch gleich mit der Bescherung anfangen, wir warten auf euch!«

Anke zwinkerte nervös mit den Augen. Der Tadel in ihrer Stimme war unüberhörbar. Und sie war mächtig unter Druck.

»Sagt mal, was macht ihr hier eigentlich?«

Befremdet sah sie von einem zum anderen, entdeckte schließlich das Pflaster auf Kerstins Stirn.

»Was hast du denn da an deinem Kopf?«

»Ein Pflaster. War nur ein kleiner Unfall. Ist weiter nichts.«

»Dann können wir ja endlich anfangen.«

Die näheren Umstände interessierten Anke sowieso nicht, Hauptsache, alles lief weiter nach ihrem Plan. Lauter als nötig befahl sie:

»Kommt ihr? Dein lieber Mann wird ja hoffentlich auch wieder auftauchen.«

»Schneckchen, da bist du ja! Ich hab dich überall gesucht.«

Außer Atem und mit hochrotem Kopf kam André wie aufs Stichwort angehetzt, ohne Jackett, die Fliege auf halb acht.

»Mein Gott, du bist ja verletzt! Was ist denn passiert?«

»Ach, ich bin gestürzt. Die falschen Schuhe. Aber alles halb so schlimm.«

»Mein armes Schneckchen!«

André ließ sich neben Kerstins Stuhl auf die Knie fallen und schloss sie in seine Arme, was sie widerstrebend geschehen ließ. Das breite Grinsen in Burkhards Gesicht bei den »Schneckchen« war unübersehbar.

KAPITEL V

Nach Ankes Plan sollte jetzt die feierliche Bescherung beginnen – eigentlich beginnen.

»Weißt du nicht, wo dein Mann jetzt schon wieder verschwunden ist, Kerstin?«

Es klang ungeduldig.

»Ich habe keine Ahnung.«

»Ingeborg ist auch noch nicht hier«, meldete Lilo.

In einer leidenden Geste fasste sich Anke an die Stirn.

»Wer geht die beiden suchen?«, fragte sie tonlos, ohne den Blick zu heben.

Burkhard und Lukas standen auf. Die anderen blieben stumm um den Weihnachtsbaum sitzen, nur Emily und Charlotte hielt es nicht auf ihren Stühlen. Sie hopsten aufgeregt herum, bis Anke ihnen gereizt befahl, wieder Platz zu nehmen.

Es dauerte lange fünf Minuten, bis Burkhard und Lukas mit Kerstins Mann und Schwiegermutter vor der Tür zum Restaurant auftauchten. André machte ein betretenes Gesicht.

»Tut mir leid, Mutti ging es gar nicht gut. Aber wir waren kurz an der frischen Luft, jetzt geht's wieder besser, stimmt's, Mutti?«

Ingeborg nickte.

»Komm setz dich zu uns«, lud Lilo sie ein, »bist ja noch ein bisschen blass um die Nase. Geht dir gleich besser, wir kümmern uns um dich, Ingeborg.«

Lilo lotste Ingeborg auf den Stuhl neben sich, tätschelte ihr die Hand und schenkte ihr ein aufmunterndes Lächeln. Für Kerstin sah ihre Schwiegermutter nicht besser und nicht schlechter aus als sonst. Sie war eigentlich immer so blass, der freudlose Gesichtsausdruck war auch immer derselbe.

Schließlich war es so weit. Draußen fiel leise der Schnee, die Kerzen am Baum funkelten, wahre Engelsstimmen schwebten durch den Raum.

»Stille Nacht, heilige Nacht ...«

Anke begleitete ihre Töchter am Flügel, das Mitsingen der übrigen Anwesenden wurde nicht erwartet beziehungsweise war nicht erwünscht, da es den Kunstgenuss nur stören würde. Emily und Charlotte sahen mit ihren blonden Locken und den dunkelblauen Samtkleidern aus wie einer Weihnachtswerbung entstiegen. Ihre Mama war sichtlich stolz auf sie und verlängerte spontan die Gesangsdarbietung, trotz des Widerspruchs der jungen Damen. Nach »Vom Himmel hoch« und »Es ist ein Ros entsprungen« durften die Mädchen sich setzen, und Anke schlug ihr Buch auf. Wie immer, wenn sie gemeinsam Weihnachten feierten, gab es eine Geschichte eines mehr oder weniger bekannten Schriftstellers, mehr oder weniger weihnachtlich, auf jeden Fall ein Stück zum Nachdenken.

Dann reichte auch Anke das Maß an Besinnlichkeit. Jörg hatte mittlerweile den Sekt bereitgestellt, denn der sonst übliche Champagner hatte sich zu Ankes Bedauern nicht im Hotelvorrat gefunden. Man stand auf und stieß auf das Fest an, alle umarmten sich und wünschten sich frohe Weihnachten. Kerstin fing den nachdenklichen Blick ihres Vaters auf, als ihre Schwester das halb geleerte Sektglas abstellte.

»Rieslingsekt, Flaschengärung – schmeckt ja gar nicht so schlecht!«

Ehrlich überrascht, betrachtete Anke das Etikett des perlenden Traditionsschaumweins aus Freyburg.

»Ja, warum sollte der Sekt denn nicht schmecken?«, fragte Ingeborg provokant, die ihren Schwächeanfall wieder vollständig überwunden zu haben schien.

»Ich hab die Sorte halt noch nie getrunken«, erklärte Anke, die sehr wohl verstanden hatte, worauf Kerstins Schwiegermutter hinaus wollte, »werde ich mir aber merken!«

Sie prostete Ingeborg noch einmal freundlich zu, die notgedrungen auch ihr Glas hob, und leerte das ihre in einem Zug.

»Na, Schwesterchen, das haben wir doch ganz gut hingekriegt für so eine improvisierte Feier, oder?«

Kerstin wusste genau, was erwartet wurde.

»Ja, Anke, das hast du ganz toll gemacht. Wie gut, dass wir dich haben. Alles sehr stimmungsvoll, die kalte Einöde ist vergessen. Und wie du mit deinen beiden Mädels musiziert hast – einfach wunderbar!«

Verunsichert blickte ihre Schwester sie an. War das jetzt ehrlich, war das Ironie?

»Frohe Weihnachten, liebe Anke!«

Damit schloss Kerstin sie spontan in die Arme. Nein, heute nicht nur sticheln, nicht am Fest der Liebe, heute mal großzügig sein, auch wenn Ankes Art sie immer wieder zum Widerspruch reizte. Und hoffen, dass der Frieden hielt.

Im Lichterglanz des geschmückten Baumes packte man seine Gaben aus. Geschenkpapier raschelte, es wurde nicht viel gesprochen bei den Großen, die routiniert ein Päckchen nach dem anderen öffneten. Man hatte schon so manches Weihnachtsfest hinter sich gebracht und erwartete keine großen Überraschungen mehr. Eigentlich schade, ging es Kerstin beim Anblick ihrer Nichte Emily durch den Kopf.

»Oh wie toll! Mami, genau die hab ich mir gewünscht!«, jubelte das Mädchen begeistert und hüpfte vor Freude.

»Was denn?«, wollte die 16-jährige Charlotte wissen und äugte argwöhnisch zu ihrer Schwester. Die war erst elf, ein niedliches Mädchen und das von allen geliebte Nesthäkchen.

»Weiße Sneaker von Converse«, sagte Emily schwärmerisch und drückte die Turnschuhe an sich, »und guck mal: Die Handyhülle von Michael Kors hab ich auch gekriegt!«

Die Kleine vertiefte sich wieder ins Auspacken, denn ein ziemlicher Haufen an Geschenken türmte sich noch vor ihr, während Charlotte, deren Menge an Präsenten keinesfalls geringer aussah, nicht recht zufrieden schien und vorwurfsvolle Blicke zu ihrer Mutter warf.

Lukas bewahrte angemessene Coolness, er hatte sich ohnehin von denen, die gefragt hatten, Gutscheine erbeten und keine großen Überraschungen zu erwarten. Von Ingeborg erhielt Kerstin einen Kunstkalender, von Jörg einen Gin aus einer kleinen Destillerie, den sie selbst nicht trinken, und von Pamela zwei Bücher, für die sie kaum Zeit zum Lesen finden würde. Von den Nichten gab es Selbstgebasteltes, das zu Hause wahrscheinlich nach kurzem Auftritt als Staubfänger in den Müll wanderte, und von Papa edles Konfekt aus der Fränkischen Schweiz und einen Umschlag mit einem Geldgeschenk. Eher merkwürdig fand Kerstin den Gutschein für eine Farb- und Stilberatung, den sie von Anke bekommen hatte.

»Na, große Schwester, ist das nicht eine super Idee?«, strahlte Anke sie an.

»Ich weiß nicht ...«

Ihre Skepsis konnte Kerstin nicht so recht verbergen.

»Mensch, Kerstin, so eine Beratung kann doch jede Frau gebrauchen! Du könntest mal was Neues für dein Haar ausprobieren, und eine andere Brille zum Beispiel wär' auch nicht übel. Und weißt du denn, welche Farbtöne deinen Teint betonen? Und welche Schnitte deiner Figur schmeicheln?«

Trotz des Zwischenfalls in der Tiefkühlzelle sah ihr grünes Wickelkleid noch ganz passabel aus, fand Kerstin. Gut, die robusten Sportschuhe passten nicht so ganz, aber Burkhard hatte ihr wegen ihres lädierten Knies die schicken High Heels ja verboten. Ohne etwas zu sagen, sah Kerstin etwas ratlos an sich herunter.

»Siehst du! Und wo du als Chefin doch so viel repräsentieren musst, ist das wahnsinnig wichtig! Bestimmt geht der Umsatz nach deinem neuen Styling sofort in die Höhe, du wirst sehen.«

»Über mangelnden Umsatz können wir eigentlich nicht klagen …«

»Prima, dann kannst du dir das ja auch leisten, dir ein paar nette neue Sachen zuzulegen, mal was für dich selbst zu investieren. Diese Stilberaterin bietet auch Personal Shopping an, wenn du nicht allein einkaufen magst. Auf jeden Fall wirst du dich in einem individuell auf dich abgestimmten Outfit einfach besser fühlen.«

Anke redete wie ein Wasserfall. Zwischendurch goss sie sich ein zweites Glas Sekt ein.

Eigentlich hatte sich Kerstin bisher nicht schlecht gefühlt und fand ihre Klamotten so ganz in Ordnung. Dieser ganze Mode-Schnickschnack interessierte sie schlicht nicht.

»Wenn du meinst. Vielen Dank, dass du dir so viele Gedanken um mein Geschenk gemacht hast, Anke.«

Das kam leider sehr lahm rüber und klang alles andere als begeistert. Noch nie hatte Kerstin sich gut verstellen können. Das Lächeln verschwand von Ankes Gesicht.

»Also, wenn du nicht verstehst, was ich meine: Deine Frisur ist schrecklich. Ach, eigentlich hast du gar keine«, zischte Anke nicht gerade leise, »du hast null Geschmack. Du trägst manchmal Sachen, die sehen aus wie aus der Kleidersammlung. Und sie stehen dir auch nicht! Du hast überhaupt kein Gefühl für Eleganz, aber das merkst du gar nicht. Natürlich, du bist wahnsinnig klug, du weißt alles und du bist immens erfolgreich. Aber auch wenn du das glaubst: Du kannst nicht alles!

Zum Beispiel kannst du dich nicht anziehen, hast keine Ahnung von Make-up und Frisuren! Ach, ich könnte dir da noch so einiges aufzählen!«

Ihre Schwester schien plötzlich sehr erleichtert. Schwungvoll nahm sie ihr Sektglas und leerte es bis auf einen kleinen Rest. Endlich hatte sie einmal alles herausgelassen, was sie wahrscheinlich schon länger mit sich herumgeschleppt hatte. Kerstin, sonst nicht um schlagfertige Antworten verlegen, wusste erst einmal nicht, was sie darauf sagen sollte. Es stimmte ja, sie war wirklich der Meinung, alles zu können – seltene Zweifel eingeschlossen, wie vorhin in der Kühlzelle. Und dieser ganze Styling-Quatsch wurde einfach überschätzt, von ihrer Schwester sowieso.

Anke war ihr Aussehen immer verdammt wichtig gewesen, das war klar. Als Kind trug sie in der Familie den Beinamen »die Hübsche«. Kerstin wurde stets »die Kluge« genannt, was sie nie als Nachteil empfunden hatte. Irgendwann in einer schwachen Stunde hatte Anke ihr gestanden, dass sie dieses Reduziertwerden auf ihr Aussehen im Leben eher gebremst als beflügelt hatte. Da sie ja nur schön und ergo nicht klug war, hatte sie sich nichts zugetraut und ihre große, erfolgreiche Schwester immer beneidet. Allerdings mangelte es ihr auch an Disziplin und Durchhaltevermögen, nur auf ihre äußere Erscheinung achtete sie penibel. Es mochte ihr noch so schlecht gehen, sie sah stets aus wie einem Modemagazin entstiegen.

Statt für ihren Traumberuf als Innenarchitektin zu kämpfen, hatte Anke lieber eine Ausbildung zur Dekorateurin gemacht und den Beruf sofort aufgegeben, als sie Helmut kennenlernte. Wieso sich die flotte Anke ausgerechnet für den entschieden hatte, war Kerstin von Anfang an ein Rätsel. Weder hatte Helmut Witz und Geist, war auch nicht besonders klug, noch sah er gut aus oder war charmant – höchstens ein Händchen fürs Geld verdienen hatte er als Bauunternehmer. Und so hatte Anke lieber in seiner Firma mitgearbeitet, wo sie dank ihrer Beziehung zu Helmut automatisch zur Chefin wurde, als sich etwas Eigenes aufzubauen. Ihre überschüssigen Energien steckte sie in die Erziehung ihrer Kinder und mutierte darüber hinaus zur perfekten Hausfrau und Gastgeberin. Nur fühlte sie sich davon nicht ausgefüllt und rutschte immer wieder in düstere Stimmungen. Bei den Zusammentreffen mit ihrer als Unternehmerin erfolgverwöhnten Schwester wurde sie offenbar regelmäßig von Minderwertigkeitskomplexen geplagt.

Auch wenn sie manchem widersprochen hätte, was Anke ihr an den Kopf geworfen hatte, Kerstin wusste, dass sie die Stärkere war. Außerdem war sie nicht nachtragend. Und so streichelte sie versöhnlich Ankes Hand, denn glücklich war ihre kleine Schwester sicher nicht.

»Ach, Anke. Natürlich freu ich mich über dein Geschenk. Es stimmt ja, ich bin nicht sehr modebewusst und zieh einfach immer irgendwas an. Also vielen Dank, nach der Stilberatung wirst du mich nicht mehr wiedererkennen!«

Das war natürlich ein bisschen übertrieben und hieß noch lange nicht, dass Kerstin den Gutschein wirklich nutzen würde. Doch sie konnte auch diplomatisch sein, wenn sie wollte, und wenigstens hatten sich so die emotionalen Wogen wieder geglättet.

Den Vogel bei der Geschenkeauswahl hatte Lilo abgeschossen und aus ihrem Fundus eine Vase – Zitat: Das ist original Art déco! – für Kerstin eingepackt. Allerdings hatte das Teil einen unübersehbaren, hässlichen Sprung, und es war fragwürdig, ob es für Schnittblumen mit Wasser überhaupt benutzbar war. Wohl wissend, dass Lilo sie beobachtete, wickelte Kerstin die Vase in das Papier zurück und stellte sie beiseite. Für diese Antiquität war ein Danke ganz bestimmt nicht angebracht, fand sie, mochte Lilo auch wieder schmollen ob dieser Ungehörigkeit und sich bei Papa über sie beschweren. Hörte man sie reden, war Lilo der großzügigste Mensch auf Erden und ihr ein Platz im Himmel sicher. Tja, so konnte man sich täuschen.

Mit André hatte Kerstin eigentlich abgesprochen, auf gegenseitige Geschenke zu verzichten, doch er überreichte ihr mit einem entschuldigenden Lächeln eine kleine Schatulle mit dem Emblem eines bekannten Juweliergeschäfts. Sie barg ein ziemlich protziges Armband, das mit Sicherheit eine Menge Geld gekostet hatte, ihr Geld natürlich. Aber das war nicht das Problem, wenn es wenigstens nach ihrem Geschmack gewesen wäre.

»Ich hab gar nichts für dich, André. Das hatten wir ja eigentlich auch so abgemacht.«

André schnitt eine Grimasse, zuckte gleichgültig mit der Schulter und gab ihr einen Kuss. Ach ja, es war ja lieb gemeint und vielleicht fand er es auch vor den anderen peinlich, ausgerechnet seiner Frau nichts zu schenken, aber ... Kerstin rang sich ein kurzes Danke ab und wandte sich Lukas' Päckchen zu, der ihr eine ganze Tüte mit Süßkram und einen Kinogutschein für zwei ausgesucht hatte, was wohl die Aufforderung zu einem gemeinsamen Kinobesuch sein sollte. Dieses nette Geschenk war das erste, über das Kerstin sich ehrlich freute.

»Aber Mami, warum denn nicht?«, war da plötzlich Charlotte zu vernehmen, Seelenpein in der Stimme. Ankes Antwort war zu leise, als dass Kerstin sie hätte verstehen können.

»Du hast es mir versprochen!«

Ein Tränenausbruch der älteren Nichte schien unmittelbar bevorzustehen.

»Ich habe gar nichts versprochen, Charlotte! Wie kommst du nur darauf?«, antwortete eine ärgerliche Anke nun so laut, dass alle es hören konnten.

»Doch, du hast aber ...«

»Was hast du dir denn gewünscht?«, mischte sich Kerstin ein, in der Hoffnung, ausgleichen zu können.

»Einen schwarzen Pomeranian! So einen wie Miranda hat! Und nur den! Auf alles andere hätte ich dafür verzichtet.«

»Was ist das? Wer ist Miranda?«

Kerstin schaute fragend zu ihrer Schwester.

»Ein Pomeranian ist ein angesagtes Schoßhündchen. Und Miranda ist Charlottes Lieblings-Youtuberin. Die hat so einen schwarzen Zwergspitz«, Anke verdrehte genervt die Augen, »mal abgesehen davon, dass der ab

1.500 Euro aufwärts kostet, ist es letztendlich ein Haustier. Das muss gepflegt werden, ausgeführt, versorgt, untergebracht, wenn man in Urlaub fährt ...«

»Aber ich hab doch versprochen, dass ich mich um alles selbst kümmere!«, rief Charlotte verzweifelt.

»Das hast du schon damals bei den heiß ersehnten Meerschweinchen bewiesen, wie gut du dich kümmerst«, Anke war sauer, »und wir müssen das alte Thema hier nicht schon wieder diskutieren. Es gibt keinen Hund und basta!«

»Das ist so gemein«, kreischte das Kind, warf einen giftigen Blick auf seine Mutter und rannte davon.

»Soll ich ihr nach?«, bot Kerstin hilfsbereit an.

»Du? Seit wann kennst du dich mit pubertierenden Mädels aus?«

Hier hatte Anke ihrer Schwester tatsächlich Kompetenz voraus.

»Lass mal, die beruhigt sich schon wieder.«

Hemdsärmelig und mit geröteten Wangen trat Helmut aus der Küchentür. Er rieb sich unternehmungslustig die Hände.

»Das Essen ist fertig. Wir können dann demnächst. Wäre schön, wenn noch jemand beim Servieren hilft.«

»Oh, so schnell?«, entfuhr es Kerstin, die solche Kommentare heute ja eigentlich lassen wollte. Anke strafte Kerstin sogleich mit einem bösen Blick.

»Ich bin schließlich kein Anfänger am Herd, Schwägerin«, zwinkerte ihr Helmut zu.

Kerstins Erstaunen war ehrlich. Das Kochen war Helmuts große Leidenschaft, auch das Essen, wie an seiner massigen Figur unschwer abzulesen war. Mit leuchtenden Augen konnte er fast zärtlich über die Zubereitung einer Lammkeule reden oder sehr spannend das Kochen eines Risottos schildern, welche Geduld und Zuwendung es erforderte, um zu einem köstlichen Ergebnis zu gelangen. Helmut scheute dabei wirklich keine Mühe, investierte unglaublich viel Zeit und hinterließ die Küche stets als ein Schlachtfeld. Nicht immer stand das, was er dann servierte, im richtigen Verhältnis zum betriebenen Aufwand, fand Kerstin. Sie war tatsächlich gespannt, was für ein Festmahl er ihnen heute vorsetzen würde.

Ihr Schwager war wieder in die Küche verschwunden und Anke befahl:

»Okay, wir treffen uns in 15 Minuten bei Tisch.«

KAPITEL VI

Weiße Tischdecke, Weihnachtsservietten, Weihnachtsgestecke, Weihnachtskerzen – die Dekoration der festlichen Tafel ließ keine Wünsche offen.

»Mmh, die Suppe schmeckt aber gut! So schön kräftig. Genau das Richtige bei diesem Winterwetter.«

Zustimmendes Gemurmel kam aus der Runde. Sorgfältig kratzte Burkhard mit dem Löffel auf seinem Teller herum, um ja keinen Rest zu lassen.

»Wie hast du die so schnell zusammengezimmert, Helmut?«

Dem war anzusehen, wie sehr er das Lob genoss.

»Ach na ja, war gar nicht so schwer«, brüstete sich Ankes Mann, »außerdem vergiss nicht, lieber Burkhard, dass ich des Öfteren den Kochlöffel schwinge.«

»Dann trinken wir doch mal auf unseren Küchenchef, Leute«, Jörg hob sein Glas, »und auf Weihnachten! Mit diesem wunderbaren Spätburgunder, sozusagen einem Local Wine aus der Saale-Unstrut-Region, den André mir besonders empfohlen hat.«

Verwundert sah Kerstin zu ihrem Mann, der ihr bisher gar nicht als ausgewiesener Weinkenner aufgefallen war.

»Schön, dass die Soljanka nicht verschwunden ist, wie so vieles von früher«, war Ingeborg, die sich sonst kaum an der allgemeinen Unterhaltung beteiligte, plötzlich zu vernehmen, als alle die Gläser abgestellt hatten.

»Diese Suppe war schon immer eine Spezialität in der Blauen Bergvilla. Es muss ja nicht alles schlecht sein, was es damals gab.«

Kerstins Schwiegermutter widmete sich wieder ihrer Suppe und Helmut beugte sich so tief wie möglich über seinen Teller.

»Tiefkühlen ist schon irgendwie praktisch«, murmelte Jörg gerade so leise, dass jeder es verstehen konnte, und etwas lauter fragte er: »Was gibt es denn als nächsten Gang, Helmut?«

»Thüringer Rostbrätel mit Bratkartoffeln und Letscho.«

Die Antwort kam jetzt mit erheblich weniger Euphorie.

»Würde ich normalerweise nicht an Heiligabend servieren, aber war hier alles im Vorrat. Ich hab das gewürzmäßig noch ein bisschen aufgepeppt«, versuchte Helmut seine Ehre zu retten, »die Bratkartoffeln sind auch gleich fertig.«

»Rostbrätel ist super«, freute sich André und zeigte den anderen triumphierend seinen erhobenen Daumen, »ist in Thüringen die absolute Spezialität!«

»Mmh, Rostbrätel! Was ist das noch mal genau?«, fragte Burkhard bei Helmut nach.

»Ein in Bier und Gewürzen kräftig mariniertes Schweinenackensteak. Holzkohlegrill hatte ich natürlich nicht zur Verfügung, ich hoffe, das schmeckt auch vom Gasgrill.«

»Bestimmt! Und Letscho kennen die meisten von euch wahrscheinlich auch gar nicht, so eine Tomaten Paprika Beilage aus Ungarn, sehr beliebt in unserem Arbeiter- und Bauernstaat. Dazu deine leckeren Bratkartoffeln, das klingt doch gar nicht so schlecht, was Leute?«

Burkhard, der Versöhnliche, gab sich alle Mühe, den enttarnten Küchenchef aufzumuntern.

»Ich helf dir beim Servieren. Noch jemand? Du vielleicht, Charlotte?«

Ach ja, Burkhard wollte immer alle Menschen glücklich machen, auch Charlotte, die inzwischen wohl eingesehen hatte, dass auf den ersehnten Hund nicht die geringste Chance bestand, und tapfer ihre Enttäuschung bekämpfte. Außerdem hatte sie den Platz neben ihrem großen Cousin ergattert, das tröstete offensichtlich.

Burkhard so überraschend nach der Zeit der Trennung im Kreis ihrer Familie wiederzusehen, setzte bei Kerstin die unterschiedlichsten Gefühle frei. Ganz selbstverständlich hatte Burkhard neben ihr Platz genommen, sodass sie zwischen ihm und André saß. Sie merkte, wie angenehm sie Burkhards ruhige Gelassenheit fand. Andererseits vermisste sie die alte Vertrautheit und sie konnte seine Gefühle ihr gegenüber in keiner Weise einschätzen.

An Burkhards Stand im Familienkreis hatte sich nichts geändert, zumindest öffentlich äußerte niemand Verwunderung über sein Auftauchen. Alle schienen ihn nach wie vor zu mögen. Man begegnete ihm mit Achtung, gerade weil er so zurückhaltend war und sich nicht in jede Diskussion einmischte, aber stets geradlinig bei seinen Ansichten blieb. Umso mehr Gewicht hatte seine Meinung, wenn er sich selten einmal zu Wort meldete.

Tief im Innern freute sich Kerstin schon irgendwie, dass Burkhard hier war. Zum anderen hieß das aber auch, vor ihm verbergen, wie es um ihre Ehe stand, denn auf seinen Spott legte sie keinen Wert, und erfahren würde er von ihrem Scheitern noch früh genug …

Mit ihrem ausgestreckten Zeigefinger begann Lilo die an der Tafel Sitzenden abzuzählen. Die Brillantringe an ihrer rechten Hand blitzten im Lichterschein.

»Ach, habt ihr es schon bemerkt? Wir sind 13 bei Tisch«, verkündete sie dann halb im Spaß, halb im Ernst, »hoffentlich bringt das kein Unglück!«

Wie so oft waren Lilos Augen argwöhnisch auf Kerstin gerichtet, als ob sie sehen wollte, wie sie reagierte. Störte Lilo das gute Verhältnis, das Kerstin zu ihrem Vater hatte? Suchte Lilo dauernd nach Fehlern, über die sie sich dann bei ihm beschweren konnte? Da Kerstin allein wegen Papa Auseinandersetzungen mit ihr vermeiden wollte, versuchte sie meist, die Frau einfach auszublenden.

»Kommt jetzt die böse Fee? So wie bei Dornröschen, Mama?«, fragte die kleine Emily ein wenig verunsichert. Anke schüttelte verärgert den Kopf, Kerstin dachte, nee, die ist schon da.

»Aber Lilo, wir sind doch nicht abergläubisch«, meinte Papa beschwichtigend und streichelte ihr die Hand, was Lilo mit ihrem Hyänenlächeln quittierte.

Dann war das Hauptgericht servierbereit. Natürlich wollte Emily ihrer großen Schwester in nichts nachstehen und trug stolz auch zwei Teller aus der Küche zum Tisch. Genau wie die Soljanka war der Braten kein kulinarischer Höhenflug, aber solide Hausmannskost. Zum Nachtisch stellte Helmut Teller voller Weihnachtskekse auf den Tisch. Endlich konnte er mit seinem Selbstgebackenen punkten, das er jedes Jahr in großen Mengen anschleppte, wenn sie das Fest zusammen feierten.

Aber alles besser als ohne Essen bei den Temperaturen im Auto zu übernachten, dachte Kerstin und knabberte dankbar an einem Husarenkrapferl. »Meine Lieben«, jemand klopfte gegen sein Glas, um sich Gehör zu verschaffen. Es war ihr Papa.

»Wo wir gerade so nett zusammensitzen, will ich die Gelegenheit ergreifen, euch etwas mitzuteilen. Ich bin nicht mehr der Jüngste, wie ihr wisst, und in meinem Alter dreht sich die Welt immer schneller. Seit dem frühen Tod eurer lieben Mutter, der für uns alle sehr überraschend kam, weiß ich, dass man seine Zeit nutzen muss.«

Offensichtlich ergriffen beim Gedanken an seine verstorbene Frau, räusperte er sich.

»Nun hat es das Schicksal gut mit mir gemeint und dafür gesorgt, dass ich noch einmal das Glück der Zweisamkeit mit einem ganz wunderbaren Menschen teilen darf. Ihr wisst, von wem ich rede, ihr alle kennt sie, sie sitzt hier neben mir: Lilo, meine geschätzte Gefährtin und treue Reisebegleiterin …«

Der Keks blieb Kerstin im Hals stecken, sie bekam einen Hustenanfall. Lilo warf ihr einen bösen Blick zu, ihr Vater hielt kurz inne, bis wieder Ruhe eingekehrt war und er seine kleine Ansprache zu Ende bringen konnte.

»Der langen Rede kurzer Sinn: Wir haben beschlossen, uns zusammenzutun. Lilo hat ihre Wohnung aufgegeben und ist bei mir eingezogen, das Aufgebot ist bestellt und im Januar werden wir heiraten. Darauf möchte ich mit euch trinken.«

Wie betäubt griff Kerstin nach ihrem Glas. André, links von ihr sitzend, stieß fröhlich mit allen an. Ihre Abneigung gegen diese unmögliche Frau schien ihm bisher entgangen zu sein, während Burkhard zu ihrer Rechten sein Glas und dazu mahnend seine Brauen hob.

»Ich weiß, was du denkst. Reiß dich zusammen, Kerstin«, flüsterte er, »dein Vater liebt sie eben. Und Liebe macht bekanntlich blind.«

Sein Gesichtsausdruck wurde spöttisch.

»Müsstest du doch eigentlich verstehen.«

Kerstin überhörte seine Bemerkung. Klar, wenn es Papa glücklich machte. Das war das Einzige, was zählte, aber trotzdem sträubte sich alles in Kerstin gegen diesen Schritt, der ja auch bedeutete, dass Lilo dann offiziell zur Familie gehörte, zu Kerstins Familie. So grauenhaft sie diese manchmal auch fand, es war ihre Familie, man war sich nah, man kannte sich, man vertraute sich – trotz allem. Die Menschen waren eben verschieden, wie eng die Verwandtschaft auch sein mochte. Und sie liebte ihren Papa und Jörg und auch irgendwie ihre Schwester Anke und ihren ganzen Anhang. Aber Lilo?

Kerstin prostete ihrem Vater zu, nur ihrem Vater, und brachte sogar ein fröhliches Gesicht zustande. Die

Braut dagegen, der das Lächeln im Gesicht festgetackert schien, strafte sie mit Missachtung.

»Lass mich mal bei meiner Schwester sitzen, Burki«, drängelte sich Anke neben sie, wieder ein volles Sektglas in der Hand, »wo unser wunderbarer Papa demnächst heiraten wird, müssen wir doch mal quatschen. Ich dachte ja eigentlich, meine Mädels wären als Nächste dran.«

Irgendwie wirkte Anke total aufgedreht. Fand sie diese Neuigkeit wirklich so toll oder war das schon der Alkohol? Auf ihren Wangen lag eine sanfte Röte.

»Ach, find ich das schön«, seufzte sie, glitt auf den Stuhl, den Burkhard ihr überlassen hatte, und trank von ihrem Sekt, an den sie sich schon den ganzen Abend gehalten hatte. Beglückt schaute sie zu Papa und Lilo und verabreichte Kerstin schließlich ein Küsschen auf die Wange. Die schaute sie verwundert an.

»Warum sagst du nichts? Ist doch voll romantisch, wenn sich Leute in dem Alter zusammentun, oder? Papa ist bestimmt superglücklich!«

»Das hoffe ich.«

Romantik rangierte in Ankes Welt ganz weit vorn, zumindest theoretisch. Das verwunderte Kerstin nicht im Geringsten. Wahrscheinlich sehnte sich Anke nach nichts mehr als einem bisschen davon in ihrem Leben, denn ihr Helmut war definitiv kein feinfühliger, charmanter Kavalier. Er war ein fröhlicher Genießer, ein bisschen polterig in seiner lauten Art, was vor anderen Leuten ihrer Schwester Qualen an Peinlichkeit verursachte, der armen Anke, die so viel Wert auf Formen und gutes Benehmen legte. Aber Helmut war unkompliziert und großzügig und ertrug stoisch die immer wieder auftretenden Überspanntheiten und Abstürze seiner Frau.

Vielleicht sehnte sich Anke aber auch nach ihrem Singledasein zurück. Wobei, eine echte Singlefrau war die umschwärmte Anke ja nie. Sie hatte stets mindestens ein männliches Wesen in ihrer Nähe, am liebsten eines, das sie jemandem abspenstig gemacht hatte. Und am allerliebsten machte sie das bei ihrer großen Schwester, auch wenn sie den Typen anschließend ziemlich schnell wieder fallen ließ. Aber sie musste sich und der Welt beweisen, dass sie alle Männer haben konnte, vor allem die von der klugen Kerstin. Nur bei Burkhard war ihr das nicht gelungen. Der hatte auf ihre Anmache nur mit amüsierter Distanz reagiert. Als Kerstin dann von Burkhard schwanger wurde, hatte Anke plötzlich Helmut präsentiert, eine Traumhochzeit wurde gefeiert, und Ankes Wandlung zur perfekten Gattin begann.

»Möchtest du vielleicht auch von der Apfelschorle?«, fragte Kerstin mit Blick auf das schon wieder leere Sektglas ihrer Schwester.

»Warum? Ich hab doch keine Alkoholallergie so wie du«, lachte Anke übermütig.

»Tut dir vielleicht trotzdem gut.«

»Ich hab das im Griff, große Schwester. Kümmer' dich um deinen eigenen Kram.«

Angesichts des ungehaltenen Tons behielt Kerstin ihre Antwort lieber für sich.

»Ach Kerstin, du bist immer so, so ...«, Anke machte ein leidvolles Gesicht, »so miesepetrig. Freu dich doch mal!«

»Und du bist naiv, wie immer. Natürlich freu ich mich für Papa, wenn er glücklich ist. Aber deswegen muss ich doch nicht alles richtig finden.«

»Sag mal, was ist eigentlich dein Problem, Kerstin?«

»In diesem Fall: die Braut.«

»Aber du musst sie doch nicht heiraten!«

»Eben, deshalb sag ich ja auch nichts.«

»Ich weiß gar nicht, was du an Lilo auszusetzen hast.«

»Womit wir wieder beim Thema wären: Du bist naiv.«

»Behandle mich nicht immer wie ein ahnungsloses, kleines Kind! Ich bin nicht dumm. Vielleicht bin ich nicht so eine gewiefte, erfolgreiche Geschäftsfrau wie du, dafür hab ich zwei wunderbare Kinder und ...«

»Meine Güte, wann endlich ist mal Schluss mit deinem riesigen Minderwertigkeitskomplex? Hab ich irgendwas gesagt?«

»Ich bin naiv.«

»Damit wollte ich nur sagen, dass du manchmal ganz schön gutgläubig bist und die Leute einfach nicht durchschaust. Ich finde jedenfalls nicht, dass diese Person die fröhliche, harmlose, gütige alte Dame ist, als die sie gern rüberkäme. Und die Aussicht, sie zukünftig zur engen Familie zählen zu müssen, stimmt mich nicht gerade fröhlich.«

André stieß seine Frau sachte in die Seite. Auch wenn Kerstin und Anke sich um gedämpfte Stimmen bemüht hatten, die Gespräche der anderen stockten irgendwie.

»Außerdem, ich weiß ja nicht, ob dir das selbst so klar ist: Aber du wirst nur mit Alkohol im Blut locker«, fügte Kerstin leise hinzu, »deshalb und wegen deines mangelnden Selbstwertgefühls würde ich dir mal den Besuch eines Therapeuten empfehlen.«

Anke stand abrupt auf, ganz sicher schien sie Kerstin nicht mehr auf den Beinen, und sandte ihr einen wütenden Blick. Es war schon wieder vorbei mit dem Burgfrieden. Wäre ja auch zu schön gewesen, dachte Kerstin und nahm einen Schluck Apfelschorle. Sie schaute ihren Nichten nach, die sich gerade schnell ein paar Kekse in den Mund stopften, ihre Plätze verließen und zum Ausgang des Restaurants liefen.

»Charlotte, Emily! Was habt ihr vor?«

Anke, ohnehin schon gereizter Stimmung nach dem kleinen Scharmützel mit Kerstin, hielt ihre Töchter mit energischer Stimme auf. Die beiden stoppten und warfen schuldbewusste Blicke.

»Wir wollen nur mal kurz raus.«

»Was, jetzt? Bei dem Wetter? Was wollt ihr da draußen?«

»Mami, Mami, wir wollen einen Schneemann bauen!«, platzte Emily heraus, »dürfen wir?«

»Es ist dunkel, es schneit wie verrückt. Das ist jetzt keine so gute Idee, Kinder«, sagte Anke mit gebotener Strenge.

»Aber Lukas kommt auch mit!«

»Wirklich, Lukas?«

Der nickte etwas verlegen.

»Ich hab's ihnen versprochen. Wir gehen hinten in

den Hof. Die Terrasse kriegt Licht von drinnen und der Schnee ist da nicht ganz so hoch.«

»Aha, hast du also alles schon ausgekundschaftet. Na gut«, gab Anke widerwillig nach, »aber ihr zieht euch erst eure warmen Jacken und die Stiefel an, Mädels!«

Während die anderen diverse Weine und Schnäpse kosteten, die Jörg und André aus dem Weinkeller zutage förderten, nippte Kerstin an einer Johannisbeerschorle. Eigentlich nur aus Solidarität, denn sie hatte gar keinen Durst. Das war bei den Alkoholkonsumenten anders, die tranken auch ohne Durstgefühl. Und mit jedem Glas hob sich die Laune.

»Mensch, als wir heute hier ankamen und alles war zu, dachte ich, na prima, kein Dach überm Kopf, nix zu essen, dazu dieser Wahnsinnsschnee – vergiss Weihnachten, Hauptsache, nicht erfrieren, aber jetzt ...«, stellte Jörg fest und sah sich zufrieden um, »jetzt find ich das hier richtig gut.«

»Prost, Schwager, seh' ich genauso«, stimmte Helmut zu, »hätte schlimmer kommen können. Ist halt ein bisschen wie Urlaub in der Arktis. Dafür müsstest du dort allerdings ordentlich Kohle lockermachen, und hier haben wir das für lau!«

»Ich bin ja froh, dass ihr das so entspannt nehmt. Hatte schon ein schlechtes Gewissen, euch hierhergelockt zu haben.«

»Wieso eigentlich du?«, fragte die stocknüchterne Kerstin ihren Mann, dessen Gesicht inzwischen auch eine sanfte Alkoholröte überzog, »das war wohl eher deine Mutter, oder?«

»Na ja, du weißt doch, ich kenn die Bergvilla auch von früher, und als Mutti das vorschlug, war ich sofort dabei. Und es ist doch wirklich einmalig hier: Oder wann hattet ihr das letzte Mal solche weißen Weihnachten?«

André zeigte durchs Fenster nach draußen, wo immer noch ein weißer Vorhang aus Flocken niederging. Die Lacher hatte er auf seiner Seite.

Aufgrund der besonderen Situation als Gestrandete und mit dem steigenden Alkoholpegel wurde die Stimmung in der Runde immer aufgekratzter. Als Emily angerannt kam und aufgeregt verkündete, dass sie einen ganz tollen Schneemann gebaut hätten, machte sich die ganze Gesellschaft gut gelaunt auf, um ihn sich anzusehen. Auch Kerstin nahm den Eisbeutel ab, den Burkhard ihr mit einem Küchentuch ums Knie gebunden hatte, und schloss sich an.

Die Kinder hatten wirklich unglaublich viel Schnee bewegt und zwei riesige Kugeln gerollt, auf denen ein medizinballgroßer Kopf mit einem lachenden Gesicht thronte. Schließlich war das Kunstwerk genug gewürdigt, allen wurde kalt und man verzog sich wieder nach drinnen.

»Bist du so nett und bringst mir meinen Anorak, André? Der hängt oben in unserem Zimmer an der Garderobe«, Kerstin zeigte auf ihr Knie, »soll mich ja schonen. Ich muss mal eine rauchen gehen.«

»Aber gerne, mein Schneckchen.«

Natürlich entging Burkhard auch dieses Schneckchen nicht, und er lächelte vergnügt in sich hinein, vor allem, als er Kerstins bösen Blick sah, während er sich den anderen in Richtung Restaurant anschloss.

Kerstin vertiefte sich in die Auslagen einer Vitrine, in der Fotos und Informationen zur wechselvollen Geschichte der Blauen Bergvilla zusammengetragen waren. Das imposante, mit blauem Schiefer verkleidete Gebäude stammte aus den Anfangsjahren des letzten Jahrhunderts. Als Hotel für die bessere Gesellschaft gebaut, diente es später als Kinderheim, Sanatorium und Betriebserholungsheim, bis es schließlich in den Neunzigern wieder Hotel wurde. Das dreistöckige Haupthaus mit malerischen Erkern und einem steilen Mansardendach hatte man an der Rückseite um verglaste Gasträume erweitert und so einen lauschigen Innenhof geschaffen. Viel hatte Kerstin bei ihrer Ankunft im Dunkeln nicht erkennen können, aber auf den Fotos sah die Verbindung von Tradition und Moderne sehr gelungen aus.

Das dauerte aber, bis André mit der Jacke kam! Auf diesem Gang war es auch nicht sonderlich warm. Sie betrachtete die Abbildungen kulinarischer Kreationen in einer weiteren Vitrine, die eine sehr kreative Hotelküche versprachen, die sicher mehr als Soljanka zu bieten hatte. Schade, dass sie nun diesen Genuss versäumten.

»Hier dein Anorak, mein Spatz.«

Zuvorkommend half André seiner Frau in die Jacke. Wenigstens hatte er nicht wieder Schneckchen gesagt.

»Und deine Zigaretten hab ich dir auch gleich mitgebracht, sind in der rechten Außentasche.«

»Danke, du bist ein Schatz«, sagte Kerstin völlig gedankenlos. »Weiß ich doch, Schneckchen«, zwinkerte André, tätschelte Kerstin die Wange und ging zurück zu den anderen. Sie pustete ungehalten die Luft aus. Wie oft hatte sie ihm schon deutlich gemacht, dass sie dieses Kosewort hasste – er konnte es sich einfach nicht abgewöhnen. Aber das Problem wäre dann ja hoffentlich auch bald vom Tisch. Mit einem Seufzer stieß sie die Tür auf und begab sich nach draußen.

KAPITEL VII

Immer noch landeten Schneeflocken sanft auf der Erde, allerdings viel weniger als noch vor einer halben Stunde. Nur ein schwaches Licht fiel aus dem Hotelflur nach draußen, grad genug, um den stolzen Schneemann erkennen zu können. Doch je länger Kerstin in die Finsternis starrte, desto besser erkannte sie hinter dem von Alt- und Neubau gebildeten Hof die Konturen eines Hanges und den dunklen Waldrand, zu dem er sich hochzog. Dort, kurz vor den schwarzen Umrissen der Tannen stand eine Art Hütte oder Baude, wie sie hier sagten, wo man wahrscheinlich bei entsprechendem Wetter die Aussicht genießen und vielleicht auch essen und trinken konnte.

Kerstin steckte sich eine Zigarette an und zog genussvoll den Rauch ein. Ja, tat das gut. Gleichzeitig bedauerte sie allerdings, nun nicht mehr die gute Luft genießen zu können, die ihr beim Heraustreten aufgefallen war. Verdammte Sucht! Seit der Trennung von Burkhard hatte ihr Zigarettenkonsum wieder zugelegt. Burkhard hatte immer mit allen Mitteln versucht, sie vom Rauchen abzuhalten. Zwar hatte sie sich manchmal über seine autoritären Maßnahmen geärgert, aber er hatte ja recht, und sie hatte es durch ihn fast schon einmal geschafft, ganz damit aufzuhören.

Im Hof war es vollkommen still. Nur wenn ein Windstoß sich erhob, raunten leise die Bäume des Waldes. Außerdem schrie ein Vogel in der Nähe. Kerstin kannte sich nicht mit Vogelstimmen aus, vielleicht irgendein Raubvogel. Sie vermeinte eine Art Rauschen zu hören, trat einen Schritt weg vom Haus, wo die Kinder den Schnee weggerollt hatten. Suchend spähte sie in die Höhe. Ein dunkler Schatten bewegte sich über dem Mansardendach. Es schien ein ziemlich großer Vogel zu sein.

»Hallo, Mädchen, darf ich mich dir anschließen? Zu zweit raucht es sich doch noch besser!«

»Aber klar, Papa …«, begann Kerstin, als sie ein lautes Zischen von oben unterbrach. Ihre weiteren Worte blieben ungehört, und im nächsten Augenblick war um sie nichts als Weiß, aus dem ganz schnell Schwarz wurde.

Schnee, überall war Schnee – unter ihr, neben ihr, auf dem Kopf, im Nacken, im Gesicht. Alles war dunkel. Kerstin versuchte, ihre Arme zu bewegen. Das war nicht einfach, schwer lastete der Schnee darauf. Aber sie musste unbedingt das Zeug von Kopf und Gesicht kriegen, sie hatte Angst, gleich nicht mehr atmen zu können. Erst drehte sie langsam ihren Kopf von rechts nach links, was sehr beschwerlich war und nur millimeterweise gelang. Immerhin entstand so ein winziger Hohlraum für ihr Gesicht. Zum Glück war der Schnee einigermaßen locker. Mit einer großen Kraftanstrengung schob sie ihren rechten Arm zentimeterweise nach oben. Da, geschafft! Nach einer gefühlten Ewigkeit traf ihre Hand keinen Widerstand mehr. Trotzdem war es mühsam, damit den Schnee abzutragen. Irgendwie konnte sie nur hilflos mit der Hand an der Oberfläche herumwedeln. Vielleicht sollte sie die linke Seite dazunehmen. Sie drückte also auch den anderen Arm nach oben, bis sie oberhalb der Dachlawine angekommen war, und bewegte nun beide Arme von innen nach außen, in der Hoffnung, so die weiße Masse wegschieben zu können. Immer wieder füllte sich der winzige Hohlraum vor ihrem Gesicht mit neuem Schnee. Kerstin spürte ihre Aufregung und mahnte sich, ruhig zu bleiben. Jetzt bloß nicht der aufkommenden Angst nachgeben!

Auf einmal Stimmen, ganz gedämpft hörte sie Stimmen! Im nächsten Augenblick fasste irgendwer ihre Hände an, noch einen Moment später hatte jemand ihren Kopf freigelegt. Kerstin blinzelte in das grelle Licht eines Smartphones, das man auf sie gerichtet hielt. Die gesamte Festgesellschaft stand im Kreis um sie beziehungsweise den riesigen Schneehaufen herum. Alle redeten durcheinander, manche klatschten, während Burkhard, Lukas und Jörg den Schnee weiter abtrugen und Helmut die Aktion mit dem Handy filmte. Alle schienen sich prima zu unterhalten – auf ihre Kosten!

»So, deine Brille hätten wir auch gerettet.«

Jörg wischte das Teil notdürftig trocken und setzte es ihr auf die Nase.

»Jetzt hast du wieder den totalen Durchblick.«

»Du sorgst ja wirklich für Abwechslung heute«, grinste Burkhard, »ich hab dir doch schon immer gesagt, dass Rauchen ungesund ist.«

»Sehr witzig«, Kerstin verdrehte die Augen.

»Mensch, Kerstin! Du hast mir ja vielleicht einen Schrecken eingejagt! Auf einmal warst du unter dem Schnee verschwunden!«, kommentierte ihr Vater, »geht's dir gut? Ist dir was passiert? Kommt da auf einmal diese Lawine runter!«

Er konnte es immer noch nicht fassen.

»Alles gut, Papa, nur ein bisschen nass und kalt ist mir. Ich muss mir gleich was Trockenes anziehen, wenn ich aus diesem Schneehaufen raus bin.«

Der alte Herr wirkte ziemlich aufgeregt. Neben ihm standen Lilo und Ingeborg und tuschelten miteinander, immer wieder wanderte ihr Blick zu Kerstin. Die reine Schadenfreude. Es war klar, dass die beiden alten Krähen sich gerade eins feixten angesichts ihres Malheurs. Dies und Ankes fassungsloses Kopfschütteln, als ob Kerstin selbst schuld an ihrem Unglück wäre, war nicht dazu angetan, ihre Laune zu heben.

»Was ist denn hier los?«, hörte sie im nächsten Moment ihren Mann rufen. Der hatte gerade noch gefehlt.

»Hat schon wieder jemand einen Schneemann gebaut?«

»Eher eine Schneefrau«, feixte Helmut. Die anderen traten einen Schritt zurück, die Sicht wurde frei auf Kerstin, die immer noch bis oberhalb ihrer Knie im Schnee steckte, dazu die nassen Haare, die verschmierte Brille und ihre mit Schneeresten bedeckte Jacke.

»Schneckchen, was machst du denn für Sachen?«, fragte André bei ihrem Anblick überrascht, »ich war noch einmal kurz oben im Zimmer, und als ich an den

Tisch zurückkam, waren alle verschwunden. Was ist denn passiert?«

Als Kerstin verbissen schwieg, schaute er fragend in die Runde.

»Sie versucht, sich das Rauchen abzugewöhnen. Mit so einer Art Schocktherapie.«

Kerstin, inzwischen von den Schneemassen befreit, schlotterte, wollte einfach nur ins Warme, nichts weiter hören, niemanden sehen. Sie war sauer – auf Burkhard, auf Anke, auf André, ach, auf alle. Außer vielleicht Papa bedauerte keiner sie wirklich, ihr Missgeschick schien die anderen vor allem zu amüsieren. Was hatten die gegen sie, woher kam diese Häme? Wer weiß, vielleicht waren das ja gar nicht die Schwingen eines Raubvogels gewesen, die sie über dem Dach gesehen hatte …

Als ob sie Burkhards dummen Spruch nicht gehört hätte, ließ Kerstin die anderen einfach stehen und humpelte los, um sich umzuziehen. Sie würde sich von dieser komischen Verschwörung nicht bange machen lassen. Die können mich doch alle mal, wütete es in ihr.

»Ich hab übrigens schon mal die Sauna angeworfen«, rief Jörg ihr noch nach, »vielleicht möchtest du dich dort ja ein bisschen aufwärmen!«

Zwar gab es einen Aufzug, doch der lag am anderen Ende der Lobby, und so nahm Kerstin die Treppe zu ihrem Zimmer im zweiten Stock. Nein, ängstlich war sie nicht. Sie mochte Aufzüge nur nicht besonders, seit sie bei einem geschäftlichen Anlass im ICC in Hongkong einmal fast zwei Stunden mit zehn anderen Fahrgästen in so einem Teil festgesteckt hatte – auf Höhe des 87. Stockwerkes. Die Gerüche und Geräusche, die sie damals umgaben, wie auch die Panik, die sie überfallen hatte, waren über lange Zeit in ihren Träumen präsent. Wenn die Geschäftsräume ihrer Kunden sich so weit oben befanden, war die Treppe keine Alternative und es blieb keine Wahl. Anfangs hatte sie tatsächlich Mitarbeiter zu Terminen in diesen Höhen geschickt, selbst wenn ihre persönliche Anwesenheit angebracht gewesen wäre. Mit der Zeit waren ihre Ängste zum Glück weniger geworden, doch kostete sie das Betreten eines Fahrstuhls immer noch Überwindung.

Natürlich hatte der besorgte André sie nach oben begleiten wollen, doch das hatte Kerstin energisch abgelehnt. Für ihn und sein Gesäusel vom armen Schneckchen hatte sie jetzt überhaupt keinen Nerv. Die Schmerzen in ihrem Knie waren einigermaßen erträglich, und wenn sie es vorsichtig bewegte, konnte sie ganz gut damit laufen. Sie fröstelte in den feuchten Klamotten.

Mist, nun hatte sie doch wieder in den verwinkelten Fluren den falschen Abzweig genommen. Sie machte kehrt und bog schließlich in ihren Gang ein. Dort am anderen Ende schien noch wer zu seinem Zimmer unterwegs zu sein. Aber im schwachen Licht des Hotelflurs und mit ihrer immer noch nicht klaren Brille konnte sie nichts Genaues erkennen. Im nächsten Moment war die Gestalt verschwunden, und im Grunde war es ihr auch egal, denn sie wollte jetzt ohnehin nur in Ruhe gelassen werden.

In ihrem Zimmer angekommen, entledigte sich Kerstin seufzend der klammen Kleidungsstücke und der nassen Schuhe. Das wievielte Mal zog sie sich heute eigentlich schon um? So langsam wurde die Garderobe knapp, denn Kerstin hatte nur einen kleinen Koffer für die drei Tage gepackt. Zum Glück fühlte sich die Zimmertemperatur inzwischen ganz angenehm an, und auch die Wäsche, die sie auf die Heizung gelegt hatte, war schon wieder getrocknet.

Ihr war immer noch ziemlich kalt. Vielleicht sollte sie ein heißes Bad nehmen? Oder, noch besser, sie setzte sich in die Sauna, das tat bestimmt gut. Momentan wäre sie da wahrscheinlich auch allein, weil die anderen noch am Trinken und Feiern waren.

Kerstin zog den weißen Bademantel über, auf dem golden eingestickt der Hotelname Blaue Bergvilla unter vier Sternen prangte. Die vier Sterne entstammten wohl besseren Zeiten. Das Haus machte den Eindruck, als ob es einer dringenden Überholung bedürfe. Wahrscheinlich war das auch ein Grund für die Schließung, die ungeplante Schließung, so wie es aussah. Eine Zeit lang hatte Kerstin große Hotelketten der Luxusklasse beraten und dabei einen professionellen Blick entwickelt, worauf es in diesen Häusern ankam. Wahrscheinlich hatten die Betreiber der Bergvilla etwas naiv versucht, in der Oberliga der Edelherbergen mitzuspielen, aber dann war ihnen schlicht und einfach das Geld ausgegangen, denn eigentlich war ja auch im Winter Saison im Thüringer Wald. Doch um der Vier-Sterne-Klassifizierung zu genügen, musste man einiges investieren in Personal, in Ausstattung, in das kulinarische Angebot, in Werbung und für das anspruchsvolle Publikum ein niveauvolles Programm bereithalten, gerade zu solchen Terminen wie Weihnachten und Jahreswechsel. Da reichte nicht die Glühweinbude vor dem Hoteleingang, ein Kaffeenachmittag mit Stollen und Weihnachtsliedersingen vom örtlichen Gesangverein und zu Silvester ein paar Böller. Vielleicht zog der Standort einfach nicht das zahlungskräftige Publikum an, das man benötigte, um in der Luxusklasse zu reüssieren. Und die Verkehrsanbindung war auch ein wichtiges Kriterium.

Das Stichwort Wellness hinterfragten die Gäste ebenfalls ziemlich genau und ließen sich nicht mehr mit Schönheitsmasken, Massagen und Fitnessraum abspeisen. Selbst Ayurvedakuren bot heute ja schon jedes drittklassige Landhotel an.

In diese Überlegungen versunken, putzte sie gerade ihre Brille, als André ins Zimmer kam. Hatte sie ihm nicht deutlich genug gesagt, dass sie allein sein wollte?

»Na, wie geht's dir? Ich gab gedacht, ich muss doch mal nach meinem Schneckchen schauen.«

Aua, dachte Kerstin aufgebracht, schon wieder!

»Alles gut. Ich geh mich jetzt gleich in der Sauna ein bisschen aufwärmen und bin dann wieder fit.«

»Ich wollte kurz mit dir reden. Passt das jetzt, oder soll ich in die Sauna mitkommen, wo wir zwei es schön kuschlig haben?«

Er grinste sie an. Bloß das nicht, dachte Kerstin.

»Ganz ehrlich, ich möchte jetzt eigentlich mal meine Ruhe haben und hoffe, ich hab die Sauna für mich allein.«

»Das versteh ich, mein Schatz, klar.«
»Lass uns lieber gleich reden. Worum geht's?«
»Also, wir haben doch heute schon kurz über das Hotel hier gesprochen«, fing André an.

»Ja?«, machte Kerstin zögerlich, hatte sie doch gerade eben über die wenig rosige Situation der Blauen Bergvilla nachgedacht.

»Ich hab da eine ganz tolle Idee!«
Diesen Satz hatte sie schon des Öfteren von André gehört und war sofort alarmiert.

»Ja?«
Er nahm ihre Hand und sah ihr in die Augen.
»Sag mal, Schneckchen, was hältst du davon, wenn wir den Laden hier übernehmen und aufmöbeln?«

»Was?«
Eine tolle Idee – sie hatte es geahnt. Seit ihrer Heirat vor ein paar Monaten hatte sich André bereits an drei solcher Ideen abgearbeitet und Kerstin ihm jedes Mal dafür das Kapital zur Verfügung gestellt, ohne weiter nachzufragen. Vorstrecken, hatte André es genannt. Anfangs hatte sie es irgendwie amüsant gefunden, wie er es ihr unbedingt nachtun wollte, den Geschäftsmann spielte, herumreiste.

Da war das Maklerbüro für Ferienhäuser an der mecklenburgischen Ostseeküste, bei dem er jedoch nicht mit so einer Vielzahl alteingesessener Konkurrenten gerechnet hatte, wie er anschließend kleinlaut bekannte. Also verabschiedete er sich sehr schnell von dem Plan und gründete in Leipzig einen Carsharing Service, der auf Luxusautos spezialisiert war. Die Nachfrage blieb leider weit unter seinen prognostizierten Zahlen zurück, weshalb er den Laden wenig später schloss. Als Drittes versuchte es André mit einer Eventmanagement Agentur speziell für Hotels in den ostdeutschen Bundesländern – auch diese Idee legte er mangels Kunden nach wenigen Wochen ad acta. Er war einfach nicht der Typ für all diese Unternehmungen, ihm fehlte das Durchhaltevermögen und die Beharrlichkeit, und Kerstins Angebote, ihn professionell zu beraten, wies er konsequent zurück. Er kam ihr manchmal vor wie ein Kind, das alles allein machen möchte, auch wenn es dazu noch gar nicht in der Lage ist. Bei Andrés todsicheren Geschäftsmodellen erwies sich am Ende nur eines als sicher: sie funktionierten nicht. Man hätte das dafür notwendige Kapital gleich in den Ofen schmeißen können. Doch das Geld war Kerstin egal, solange ihr Traummann nur glücklich war – zumindest am Anfang.

Inzwischen hatte sich das grundlegend geändert, und den Gedanken, dass ausgerechnet André die Blaue Bergvilla übernehmen und wieder flottmachen würde, fand sie einfach nur absurd. Abgesehen davon, dass es sich bei dem, was sie bisher registriert hatte, nach ihrer groben Einschätzung um einen Investitionsbedarf im Millionenbereich handelte, wenn man es erfolgreich anstellen wollte.

»Ich würde mal sagen, die Anlage hier hat doch Potenzial. Da kann man was draus machen. Da hätte ich so richtig Lust drauf!«

Er rieb sich unternehmungslustig die Hände und schaute Kerstin erwartungsvoll an.

»Und wie gesagt, wenn du das Ganze erst einmal im Tageslicht gesehen hast, wirst du davon ganz hin und weg sein.«

Diesmal schien sich sein toller Einfall zu einer fixen Idee auszuwachsen. Aber mit Rücksicht auf ihr eigenes Anliegen, nämlich ihre Ehe möglichst schnell, geräusch- und problemlos zu beenden, fragte sie vorsichtig: »Und dass man das Hotel offensichtlich sehr überstürzt geschlossen hat, das findest du nicht abschreckend? Ich meine, normalerweise ist über Weihnachten und Jahreswechsel doch Saison in vielen Häusern, gerade wenn sie in solchen Gegenden liegen, die auch im Winter sehr reizvoll sind. Und so hätte man den Umsatz wenigstens noch mitnehmen können. Ich folgere daraus, man war finanziell total klamm und wollte Schlimmeres verhindern.«

»Ja, kann sein. Sie wollten wohl Kosten sparen. Aber ich denke, nach einer kleinen Frischzellenkur wäre der Laden wieder flott.«

»Frischzellenkur? Bist du dir im Klaren, was hier alles im Argen liegt und was das kosten würde? Immerhin ist es eine ziemlich große Anlage, es gibt über 40 Zimmer, und wenn man das Niveau erreichen will, das man hier offensichtlich mal angestrebt hat … Bedenke, was allein an Personal nötig ist, um so ein Haus am Laufen zu halten.«

»Vielleicht kann man ja nach und nach die notwendigen Maßnahmen einleiten.«

Kerstin machte eine abwehrende Handbewegung.

»Hier reichen nicht ein bisschen Farbe und Pinsel, hier musst du eine Totalsanierung durchführen. Sorry, ich hab in meiner Firma ein paar Hotels als Kunden gehabt, insofern kann ich ganz gut beurteilen, was man hier investieren müsste. Um das wieder reinzuholen, brauchst du einen sehr langen Atem und vor allem eine großzügige Bank.«

Zwar zeigte André immer noch sein optimistisches Lächeln, doch Kerstin spürte deutlich seine Enttäuschung.

»Ich fürchte, die Sache ist ein paar Nummern zu groß für uns.«

Absichtlich verwendete sie den Plural und vermied es hinzuzufügen, dass sie vor allem ihn für völlig unfähig hielt, federführend die Verantwortung für ein solches Projekt zu übernehmen.

»Aber ich habe mir ja das ganze Haus noch gar nicht angeschaut. Jetzt seh ich gleich den Wellnessbereich. Ich überlege noch mal. Vielleicht fällt mir ja was ein.«

»Na gut, ich hoffe, ich kann dich doch noch von dieser erfolgversprechenden Anlage überzeugen. Dann geh dich mal aufwärmen, mein Spatz. Bis später!«

André zog die Badezimmertür hinter sich zu.

KAPITEL VIII

In Bademantel und Hotellatschen machte sich Kerstin, mit einem Handtuch ausgerüstet, auf den Weg in Richtung Sauna, die im Tiefgeschoss lag. Sollte sie den Fahrstuhl nehmen? Lieber nicht. Sie schien heute ja nicht gerade eine Glückssträhne zu haben ...

War da jemand? Hatte sie da nicht etwas gehört? Kerstin sah sich um. Der mit dickem Teppich ausgelegte Flur schluckte fast alle Geräusche. Sie hatte sich wohl geirrt, niemand war zu sehen, außer der Ritterrüstung, die zur Dekoration lebensgroß an einer Ecke stand. An der konnte man sich ganz gut merken, wo der richtige Flur abzweigte. Plötzlich ertönte ein trockenes Klack, auf einen Schlag erlosch das ohnehin spärliche Licht auf dem Gang. Stockfinstere Nacht umgab Kerstin. Sie blieb stehen. Mit ihrem bereits lädierten Knie im Dunkeln die Treppe zu nehmen, die vor ihr lag, war wohl nicht so klug. Während sie darauf wartete, dass das Licht wieder ansprang, glaubte sie, Schritte zu vernehmen.

»Hallo, ist jemand da? Kinder, seid ihr das?«

Es konnte ja nur einer aus der Familie sein. Papa und Lilo, ihre Schwiegermutter, sowie Jörg und Pamela bewohnten Zimmer im ersten Stock. Alle anderen waren in der zweiten Etage untergekommen. Als Erstes fielen

Kerstin ihre Nichten ein. Möglicherweise war den Mädchen langweilig und sie wollten sich einen Spaß machen?

»Hey, vielleicht findet ihr das ja witzig, aber ein bisschen Licht wäre gar nicht schlecht«, rief sie auffordernd und lauschte. Keine Antwort. Und während sie noch überlegte, was sie nun tun sollte, wurde sie jäh angerempelt, verlor das Gleichgewicht und landete kurz vor der obersten Treppenstufe auf dem Boden. In Erwartung eines weiteren Angriffs duckte sich Kerstin schnell an die Wand. Aber es passierte nichts. Stattdessen hörte sie auf dem Flur jemand seine Zimmertür abschließen.

Sie saß still und lauschte. Langsam gewöhnten sich ihre Augen an die Dunkelheit, außerdem sandte das Weiß vor den Fenstern einen sanften Lichtschein herein. Vorsichtig richtete Kerstin sich auf und stellte sich auf die Füße. Ihr Knie hatte zum Glück keinen weiteren Schaden genommen. Sie würde noch einen Moment abwarten und dann ihren Weg über die Treppe auch ohne weitere Beleuchtung fortsetzen. Da! War da nicht wieder ein Geräusch, so etwas wie ein leises Schlurfen?

»Aaah!«

In der nächsten Sekunde hallte Kerstins markerschütternder Schrei durch den Gang. Der eiskalte Schreck, der sie zusammenzucken ließ, als sich plötzlich von hinten zwei Arme um sie schlangen, war unbeschreiblich. Verzweifelt versuchte sie sich aus der Umarmung zu befreien.

»Was soll das? Ey, loslassen!«, kreischte sie. Der Griff lockerte sich, gleich darauf schien ihr grelles Licht mitten ins Gesicht, sodass sie sich abwandte.

»Du hast ja immer noch so große Angst im Dunkeln!«, stellte eine wohlbekannte Stimme mit zufriedenem Giggeln fest. Nein, das glaub ich jetzt nicht, dachte Kerstin wütend und wollte erst gar nichts sagen.

»Und du bist noch genauso bescheuert!«, brach es dann doch schnaubend aus ihr heraus. »Wie kommst du dazu, einfach das Licht auszuschalten und mich anzurempeln? Ich hätte die Treppe runterfallen können!«

»Oh Mann, Kerstin. Ich wollte dich doch nur ein bisschen erschrecken. Ein kleiner Spaß, nichts weiter. Und angerempelt hab ich dich nun wirklich nicht.«

»Also hör mal, ich bin hingefallen! Dann hast du mich eben geschubst. Gib es doch wenigstens zu.«

Anke richtete das Licht ihres Handys gegen den Boden.

»Ich hab dich ehrlich nicht geschubst, nur von hinten im Dunkeln umarmt. Aber jetzt komm, lass uns nach unten gehen. Ich leuchte dir.«

Als Anke ihr einen Arm reichen wollte, schob Kerstin ihn unwillig zur Seite. Sie glaubte ihr kein Wort. Am Atem ihrer Schwester konnte sie riechen, dass die wohl weiterhin fleißig gebechert hatte. Das machte sie zwar stets lockerer, aber Kerstin wusste, dass auf ihre blöden Scherze irgendwann Aggression und dann der Katzenjammer folgte. Oft genug hatte sie das schon erleben müssen.

»Sag mal, was macht dein Ex eigentlich hier?«, wollte Anke mit einem vielsagenden Unterton wissen, der in Kerstin sofort Ärger hochsteigen ließ.

»Was für eine blöde Frage! Der will mit uns Weihnachten feiern. Immerhin ist Lukas auch sein Sohn.«

»Aber davon hast du mir gar nichts gesagt, als wir unser Treffen in der Blauen Bergvilla geplant haben.«

»Da wusste ich das auch noch nicht. War eine ganz spontane Entscheidung von Burkhard. So ist er halt.«

Im Halbdunkel spürte Kerstin den misstrauischen Blick ihrer Schwester auf sich gerichtet, während sie die Treppe nach unten nahmen.

»Und was sagt dein Mann dazu?«

»Entschuldige, Anke, was soll denn die Frage? Nix sagt André dazu. Wir sind schließlich erwachsene Menschen.«

Für einen Moment blieb Anke still.

»Übrigens hab ich das Licht nicht ausgeschaltet«, stellte sie dann klar, »das muss irgendwie zentral passiert sein.«

Wie um ihre Worte zu bestätigen, sprang die Beleuchtung wieder an, als sie das Ende der Treppe erreichten.

»Siehst du! Und angerempelt hab ich dich auch nicht, ich schwöre.«

Statt einer Antwort zog Kerstin nur verächtlich die Brauen hoch. Schweigend durchquerten sie die Lobby. Dort sah Kerstin in der Ecke beim Empfangstresen ihren Mann und Jörg vor dem Sicherungskasten stehen, offensichtlich diskutierten sie den kurzen Stromausfall.

»Du willst in die Sauna, nehme ich an. Wir wollen jetzt ein paar Spiele spielen. Vielleicht hast du ja nachher auch Lust dazuzukommen?«

Als Kerstin nicht antwortete, zuckte Anke nur mit den Schultern.

»Na gut, bis später!«

Lange Flure zogen sich durch das Tiefgeschoss. Viel Holz an den Wänden, auf dem Boden graue Schieferplatten und geschickt verteilte Lichtquellen schufen ein rustikales, aber durchaus stilvolles Ambiente. Kerstin fuhr zusammen, als plötzlich hinter einer Glasscheibe vor ihr bizarre, schwarze Gestalten auftauchten, bis sie im Dämmerlicht die Sportgeräte des Fitnessraumes erkannte. Wahrlich, ihre Nerven waren nicht mehr die besten nach den diversen Vorkommnissen der letzten Stunden.

Zwischen den Räumen der Ruheoase und der finnischen Sauna war ein Tauchbecken in den Boden eingelassen, das aber leer war. Hinter der Umkleide für Damen gab es Duschen, die würden den Zweck der Abkühlung auch erfüllen. Doch vorerst wünschte sich Kerstin nichts als Wärme. Sie schlang sich das Badetuch um den Körper und ließ ihren Bademantel, Zimmerschlüssel und die Brille im Umkleideraum zurück.

In Vorfreude auf eine geruhsame, kleine Auszeit für sich allein ließ sie die Latschen draußen stehen, zog die Tür der Sauna hinter sich zu und nahm auf der Bank in mittlerer Höhe Platz. Ihr ausgekühlter Körper genoss die Temperatur, die etwa bei 50 Grad liegen mochte. An etwas in der Art hatte sie gedacht, als es hieß, sie würden Weihnachten in einem Hotel mit Wellnessbereich verbringen. Nach Tiefkühlkammer und Schneelawine, nach den widerlichen nassen Klamotten war die Saunahitze ein himmlischer Kontrast. Da sie die Einzige hier drin war, legte sich Kerstin gemütlich auf der Bank lang. Mit einem tiefen Seufzer räkelte sie sich wohlig. Schon ewig hatte sie nicht mehr sauniert. Die letzten Monate waren einfach zu voll mit beruflichen Terminen gewesen, weshalb sie kein bisschen Zeit für sich selbst gefunden hatte. Sie warf einen Blick auf die große Uhr über dem Eingang. Acht Minuten würde sie sich gönnen. Sie hatte ganz vergessen, wie entspannend so ein Schwitzbad sein konnte. Angenehme Müdigkeit breitete sich in ihrem Körper aus und sie schloss die Augen.

Etwas kitzelte an ihrer Nasenspitze. Kerstin fasste hin, es war ein kleiner Schweißtropfen. Im selben Augenblick fuhr sie auf. War sie eingeschlafen? Offensichtlich, denn laut der großen Uhr an der Wand war schon eine Viertelstunde vergangen. Es wurde Zeit, dass sie ihren Saunagang beendete und sich abkühlte. Nicht, dass sie hier noch umkippte. Inzwischen empfand sie die Temperatur auch nicht mehr als wohltuend, sondern schlicht und einfach zu heiß. Wer weiß, was Jörg da beim Anheizen eingestellt hatte und ob er sich überhaupt mit dem Saunasystem auskannte.

Langsam, mit Rücksicht auf ihren heruntergefahrenen Kreislauf erhob sie sich und ging zur Tür. Hatte sie da eben ein Gesicht vor der Glasscheibe gesehen? Wohl doch nicht. Wahrscheinlich hatte sie sich geirrt, denn ohne Brille konnte sie ohnehin nicht viel erkennen. Sie freute sich auf eine erfrischende, kalte Dusche.

Das durfte jetzt aber nicht wahr sein! Der Türgriff bewegte sich nicht, keinen Millimeter, der musste klemmen. Sie wollte hier raus, sie musste hier raus, sonst verdampfte sie gleich! Diese verdammte Tür! Was war hier nur los? Wer hatte es auf sie abgesehen? Und vor allem warum? Kerstin legte die Hände an den Kopf und spähte durch die Glasscheibe nach draußen. Gähnende Leere.

Mit klopfendem Herzen sackte sie neben der Tür zusammen.

Wie konnte einem Menschen an einem Tag so viel Mist passieren? Was für ein Scheißtag, was für ein Scheißweihnachten! Zu viel schlechtes Karma angehäuft, würde der Yogalehrer sagen, bei dem sie letztes Jahr in Indien einen Kurs für Führungskräfte mitgemacht hatte. Wahrscheinlich hatte er recht, da war in den letzten Monaten so einiges zusammengekommen. Sie musste an André denken und worüber sie mit ihm reden wollte. So lästig er ihr manchmal war, im Moment wäre es ihr sehr recht, wenn er auftauchte und sie hier rausholte, denn wie lange würde sie das in dieser heißen Hölle noch aushalten?

Jemand schlug auf ihre Wangen, ziemlich energisch. Trotzdem fiel es Kerstin schwer, die Augen zu öffnen.

»So, komm, jetzt brauchst du erst einmal einen kalten Guss unter ärztlicher Aufsicht. Schaffst du es, aufzustehen?«

»Irgendwie …«, murmelte Kerstin und ließ sich von Burkhard hochziehen, der in seinem Hotelbademantel neben ihr hockte. Er stützte sie und schleifte sie in Richtung Dusche.

Widerstandslos ließ sie Burkhard mit kaltem Wasser hantieren und sich, bei den Beinen angefangen, langsam bis zum Hals damit abbrausen. Mit der Abkühlung kamen auch ihre Lebensgeister zurück. Natürlich hatte Burkhard ihr das Handtuch abgenommen vor dem Duschen. Sie war nackt. Aber Erstens kannte er ihren Körper schon eine Weile, außerdem war er Arzt, und letztlich interessierte sie das im Moment nicht die Bohne.

»Was ist eigentlich passiert?«, fragte sie ihn, während er ihr half, sich mit dem Handtuch trocken zu rubbeln.

»Ich wollte auch in die Sauna und da hab ich dich drinnen neben der Tür gefunden. Du hast auf dem Boden gelegen, bewusstlos. Eigentlich wollte ich dich fragen, was passiert ist.«

»Ich weiß nicht. Ich war kurz eingeschlafen und wollte nach 15 Minuten endlich raus zum Abkühlen. Aber irgendwie kriegte ich die Tür nicht auf. Es wurde auch immer wärmer, glaube ich, und dann weiß ich nichts mehr.«

»Ah ja«, antwortete Burkhard nur und schaute sie irgendwie merkwürdig an.

»Glaubst du mir etwa nicht? Denkst du, ich spinne?«

Es ging Kerstin schon wieder gut genug, um sich aufzuregen. Sie hasste manchmal Burkhards ruhige, irgendwie so überlegen wirkende Art.

»Nein, alles gut. Ich glaube dir, da hat wohl irgendwas geklemmt an der Tür. Wie geht's dir jetzt?«, wollte er wissen, während er ihr in den Bademantel half.

»Schon wieder besser. Ich habe nur wahnsinnigen Durst.«

»Warte, ich hol dir was.«

Neben dem Eingang des Wellnessbereichs gab es eine kleine Bar. Burkhard kam zurück mit einem Glas Wasser, das Kerstin zügig leerte.

»So, dann begleite ich dich am besten erst mal zu deinem Zimmer.«

Diese Fürsorglichkeit! Kerstin genoss es, nach der unangenehmen Erfahrung in der Sauna so umsorgt zu werden.

»Das war wirklich Schwein, dass ich dich gefunden habe. Das hätte böse enden können«, meinte Burkhard, als sie auf dem Weg zum Aufzug waren. Mit ihm an ihrer Seite fühlte Kerstin sich stark, jedenfalls war das früher so gewesen, da wäre sie auch mit dem Lift bis in den 90. Stock gefahren. Ihm konnte sie trauen, sagte sie sich – oder? Zumindest hatte er gute Gründe, auf sie sauer zu sein ... Im nächsten Augenblick kämpfte sie ihre Zweifel nieder. Bloß jetzt nicht paranoid werden wegen dieser ganzen blöden Geschichten!

»Ist ja doch irgendwie gut, dass du hier bist«, sagte sie mit einem schiefen Grinsen.

»Tja«, grinste Burkhard zurück.

Während sie beide in ihren Bademänteln nebeneinander herliefen, tauchte plötzlich André vor ihnen auf.

»Grad wollt ich schauen, ob du immer noch in der Schwitzbude hockst. War ganz schön lange ...«

Wenigstens hatte er nicht wieder Schneckchen gesagt.

»Ich bin wohl kurz eingeschlafen, dann kriegte ich die Tür nicht auf ...«

»Und dann bin ich gekommen«, fiel Burkhard ihr ins Wort, »und hab sie rausgelassen. Deine Frau hatte es mit ihrem Saunagang wohl ein wenig übertrieben. Ihr Kreislauf machte schlapp und sie kriegte nicht mal mehr den Türgriff runtergedrückt.«

»Du hast aber auch ein Pech heute, mein Schneckchen.«

Mitfühlend nahm André sie in die Arme.

»Pech? So langsam fang ich an zu glauben, irgendjemand will mich ärgern und macht das alles absichtlich«, murmelte Kerstin unmutig und befreite sich aus der Umarmung.

»Ach, das ist doch bestimmt alles nur Zufall«, meinte er mit einem beruhigenden Lächeln, »warum sollte denn jemand so einen Blödsinn machen? Und vor allem, wer?«

Kerstin zog es vor, nicht zu antworten. Ein unheimlich schönes Hotel hatte Anke gesagt – unheimlich, das fand Kerstin mehr und mehr zutreffend.

»Ich denk auch, dass das Zufälle sind«, mischte sich Burkhard ein, »aber das können wir jetzt eh nicht klären. Der Onkel Doktor bringt seine Patientin erst mal auf ihr Zimmer.«

Der Aufzug kam, und Burkhard zwinkerte Kerstins Mann zu.

»Wir kommen gleich wieder zu euch runter. Bis dann!«

Mit verdutztem Gesicht beobachtete André, wie sich hinter den beiden die Fahrstuhltür schloss.

»Sag mal, wie geht's dem jungen Glück eigentlich so?«
Da war er wieder, der spöttische Unterton. Und Burkhard stellte ausgerechnet die Frage, die sie am allerwenigsten hören wollte, am allerwenigsten von ihm.

»Jaaa«, machte Kerstin betont gelassen, während sie krampfhaft überlegte, inwieweit sie sich Burkhard anvertrauen konnte, der sie abwartend anschaute.

»Alles gut«, strahlte sie ihn an.

Mit einem Ruck stoppte der Aufzug im zweiten Stock.

»Also Lukas meint ja, dass du und dein Mann nicht sooo …«, setzte Burkhard an.

»Lukas? Nichts gegen unseren Sohn, aber dass er ein kompetentes Urteil über meine Ehe abgeben kann, halt ich für eher unwahrscheinlich.«

»Er scheint deinen Mann nicht sonderlich zu mögen.«

»Weiß ich nicht. Die beiden haben doch kaum was miteinander zu tun.«

»Er ist wirklich ein ziemlich schöner Mann, dein André. Bisher kannte ich ja nur seinen nackten Hintern«, stellte Burkhard mit einem unverschämten Grinsen fest, das in Kerstin peinliche Erinnerungen an damals wachrief, als er plötzlich in ihrem Schlafzimmer gestanden hatte. Während sie überlegte, was sie darauf erwidern sollte, sagte Burkhard:

»Ganz andere Frage: Was macht André eigentlich beruflich?«

»Er ist Geschäftsmann.«

»Was macht er denn für Geschäfte?«

Mittlerweile waren sie vor Kerstins Tür angekommen, ihr wurde die Fragerei langsam zu viel.

»So, mir wird wieder kalt. Wollen wir uns nicht zuerst umziehen, bevor wir uns hier verplaudern?«, schlug Kerstin vor, um das unangenehme Gespräch möglichst schnell zu beenden.

»Okay. Ich hol dich in zehn Minuten ab«, nickte Burkhard und sah sie wieder mit diesem Blick an, »auf dich muss man ja wirklich aufpassen.«

Kerstin nickte und schloss die Zimmertür hinter sich. Ach ja, wenn sie ehrlich war, bedeutete Burkhard ihr doch noch sehr viel. Mit ihrer letzten spontanen Entscheidung in Beziehungsdingen hatte sie allerdings große Konfusion angerichtet. Diesmal wollte sie Schritt für Schritt Ordnung in ihr Liebesleben bringen. Burkhard war für sie durchaus eine Option. Allerdings müsste sie als allererstes wissen, wie er das sah, ob er tatsächlich für eine Neuauflage ihrer Beziehung zur Verfügung stünde. Er hatte ihr klar zu verstehen gegeben, dass er nur wegen Lukas' Bitte hierher zu dem Familientreffen gekommen war, keinesfalls wegen ihr. Womöglich hatte er sich in den letzten Monaten ja schon neu orientiert und für sie war eh kein Platz mehr in seinem Leben? Das musste sie rausfinden. Aber bevor sie über eine Zukunft mit Burkhard nachdenken konnte, musste sie sowieso erst einmal die Gegenwart in den Griff kriegen und das Problem André lösen.

Kerstin schlüpfte in die bequeme Jogginghose und das Sweatshirt, dazu in ihre Sportschuhe und griff sich die Strickjacke. Als Burkhard klopfte, stand sie frisch frisiert zum Abholen bereit. Er reichte ihr seinen Arm.

»Stütz dich bei mir ab, damit du dein lädiertes Knie entlasten kannst.«

»Ich glaube, ich hab mich noch gar nicht richtig bei dir bedankt«, sagte Kerstin, als sie sich bei ihm einhängte, »also: ganz großes Dankeschön, lieber Burkhard. Du hast was gut bei mir.«

»Kein Ding. Ich bin schließlich Arzt, da ist das eine Selbstverständlichkeit.«

»Ja, aber dass du genau rechtzeitig gekommen bist und mich aus der Sauna geholt hast …«

»Da hast du allerdings recht«, er warf ihr einen schwer zu deutenden Blick zu, »war wirklich ein glücklicher Zufall.«

»Wie auch immer, danke.«

»Tja, wir müssen dich wohl besser beaufsichtigen.«

Normalerweise hätte Kerstin so ein Satz tierisch aufgeregt, der ihr Leichtsinn und die Unfähigkeit attestierte, selbst auf sich aufzupassen. Aber Burkhard sah sie dabei auf so komische Art an, dass sie lieber den Mund hielt.

Und noch jemand richtete seinen Blick auf sie, als sie in der Lobby aus dem Fahrstuhl trat. In einer Ecke stand André und starrte zu Kerstin herüber. Er sah irgendwie verdrossen aus. War das wegen seiner völlig irren Hotelidee? Oder war er etwa eifersüchtig wegen Burkhard? Das fehlte ihr gerade noch. Vielleicht sollte sie jetzt sofort mit ihm sprechen, um jedweden Missverständnissen vorzubeugen.

KAPITEL IX

»Na Mädel, hast du dich wieder gut aufgewärmt?«

Pamela hatte sie und Burkhard auf dem Weg ins Restaurant eingeholt. Sie legte Kerstin freundschaftlich einen Arm um die Schultern.

»Was meinst du, wollen wir jetzt mal ein bisschen quatschen, so von Frau zu Frau?«

Zögernd sah Kerstin zu André hinüber, dann zu Pamela. Die Freundin ihres Bruders war die Einzige hier, mit der sie offen und ehrlich auch über sehr intime Dinge reden konnte. Und wer weiß, womöglich war es gar nicht schlecht, ihr aktuelles Problem erst einmal mit Pamela zu erörtern.

»Eine Superidee, gerne!«, sagte Kerstin also zu ihr, »dann bis nachher, Burkhard.«

»Okay, bis dann. Wir reden später.«

Sie nickte. Worüber wollte Burkhard denn mit ihr reden? Was hatte das nun wieder zu bedeuten? War das gut oder schlecht?

André stand immer noch an derselben Stelle. Kerstin winkte ihm kurz zu. Lahm winkte er zurück. Er sah ziemlich verloren aus. Bloß jetzt kein schlechtes Gewissen kriegen wegen ihm, sagte sich Kerstin. André würde ihretwegen nicht in Depressionen verfallen, da war sie sich sicher. Natürlich war das alles ihre Schuld – sie war schlicht und einfach vor Liebe blind gewesen. Ohne ihn überhaupt zu kennen, hatte sie diesen Mann nach wenigen Wochen geheiratet. Ihr alter Traum war endlich in Erfüllung gegangen – glaubte sie da. Inzwischen war er geplatzt, ihr war das alles ausgesprochen unangenehm, und sie verstand sich selbst nicht mehr. Deshalb musste sie diese Ehe auch so schnell wie möglich beenden. Bestimmt war André einverstanden, er musste einverstanden sein! Er sollte ja keinesfalls durch die Scheidung Nachteile haben. Geld war für sie überhaupt kein Thema. Sie hatte mehr als genug und wollte finanziell alles in seinem Sinne großzügigst regeln. Vielleicht gab es ja auch eine Möglichkeit, dass er mit einem kompetenten Partner tatsächlich seinen Traum als Hotelier verwirklichen konnte.

»Na, was grübelst du?«, fragte Pamela die plötzlich schweigsame Kerstin. Vergnügt hakte sie sich bei ihr unter.

»Ich freu mich ja so, dich mal wieder zu treffen! Setzen wir uns in die Bar? Da mach ich dir gerne noch so einen alkoholfreien Cocktail, wenn du willst.«

»Ja, prima. Ich find's auch schön, dass wir uns mal wieder sehen – Lieblingsschwägerin!«

Kerstin stieg auf einen Barhocker und Pamela mixte ihnen zwei Drinks.

»Prost! Safer Sex on the Beach, alkoholfrei, schmeckt ganz gut, oder? Nur frische Minze hab ich hier natürlich nicht.«

»Prost! Schmeckt lecker, auch ohne Minze.«

Kerstin nahm noch einen Schluck.

»Und wann geht's zurück auf deine Insel? Oder bleibst du den Winter über in München?«

»Um Gottes willen! Zum einen das Wetter, zum anderen München. Hätte dein Bruder nicht seine beiden Läden dort, brächten mich keine zehn Pferde dahin. Ich komm aus Dortmund, da fühlst du dich bei den Münchner Schickimickis auch in meinem Alter noch ziemlich fremd. Und zum Schreiben komm ich dort auch nicht.«

»Schreibst du denn schon wieder ein neues Buch?«

»Ja, klar. Wenn du nicht regelmäßig was Neues rausbringst, bist du weg vom Fenster. Der Buchmarkt ist unglaublich schnelllebig heutzutage. Im Januar fliegen wir nach La Palma. Jörg kommt mit. Er hat ja seinen Geschäftsführer für die Restaurants. Ich freu mich auf meine Insel. Und wenn dein Bruder mich beim Schreiben stört, setz ich ihn in den nächsten Flieger zurück nach Deutschland!«

Pamela fasste nach Kerstins Hand und sah ihr prüfend ins Gesicht.

»Aber nun sag doch mal, wie geht's dir? Du wirkst irgendwie bedrückt.«

»Ach ja, echt? Seh ich so aus?«

Kerstin war ehrlich erstaunt. Bedrückt war nicht ganz der richtige Ausdruck. Ja, sie war ziemlich durcheinander, aber sie hätte nicht gedacht, dass man ihr die innere Konfusion tatsächlich ansehen konnte.

»Ich hab einen Blick für so was«, lächelte Pamela, »bin eben eine echte Barfrau. Also, wenn du drüber reden magst ...«

In dem Augenblick schwang die Tür auf.

»Das trifft sich ja gut! Die Bar ist besetzt. Wir haben nämlich Durst, was Ingeborg?«

Statt einer Antwort kicherte Ingeborg nur. Der Schwächeanfall von vorhin war total vergessen. Arm in Arm näherten sich Lilo und Ingeborg dem Tresen.

»Guck doch mal, Ingeborg, eine Damenrunde, wie nett!«, befand Lilo und versuchte, einen Barhocker neben Kerstin zu erklimmen, was ihr aufgrund ihrer geringen Größe nicht recht gelingen wollte.

»Ach, Kerstin, könntest du deiner Stiefmutti in spe wohl mal unter die Arme greifen?«

Kerstin verdrehte die Augen. Stiefmutti! Meinte die das ernst? Sie hievte Lilo auf den Sitz neben sich.

»Frollein, so einen Mai Tai oder wie das Teufelszeug heißt, bitte. Und du, meine liebe Ingeborg, was möchtest du trinken? Ich geb einen aus!«

Lilo brach in lautes Lachen aus und sah auffordernd zu den anderen. Doch außer Ingeborg, die sich mittlerweile an Kerstins anderer Seite niedergelassen hatte, lachte niemand mit. So aufgedreht fand Kerstin die Zukünftige ihres Vaters fast noch schwerer zu ertragen.

»Ich nehm einen Rum, einen kubanischen. Den habt ihr doch, oder? Früher gab's den immer hier.«

Ingeborgs ganze Strenge, aber auch die stets durchscheinende Unsicherheit schienen mit einem Mal verschwunden. In derartig ausgelassener Stimmung hatte Kerstin ihre Schwiegermutter noch nie erlebt. Sie gönnte es ihr, wusste allerdings auch bei ihr nicht, was ihr lieber war.

»Läuft, Mädels. Einmal Mai Tai, einmal Ron Cubano!«

Pamela ließ das R in Ron extra lang rollen und zwinkerte Kerstin gut gelaunt zu, während sie mit professioneller Geschmeidigkeit die Getränke zubereitete.

»So, dann lasst uns anstoßen«, forderte Ingeborg die anderen auf, als sie ihren Rum bekommen hatte.

»Auf den Weltfrieden! Hasta la victoria siempre!«

Kämpferisch hob Ingeborg ihr Glas, die anderen taten es ihr nach.

»Ein bisschen Frieden! Das können wir doch alle brauchen, nicht wahr, Kerstin?«

So angeschickert konnte Lilo gar nicht sein, dass sie plötzlich nur noch harmlos und nett war. Die alte Schlange musterte Kerstin mit einem Blick, den diese einfach nur als hinterhältig bezeichnen konnte.

»Dann können wir ja nur wünschen, Kerstin, dass dir heute nicht noch ein weiteres Missgeschick passiert.«

Vergeblich versuchte Kerstin in Lilos Gesicht zu lesen, wie ehrlich ihre Worte gemeint waren.

»Wieso?«

»Kerstin, was für eine Frage! Eingesperrt in der Kühlkammer, unter Schneemassen begraben und dann die Sache in der Sauna.«

»Ach ja, in der Sauna!«, echote Ingeborg und begann plötzlich unmotiviert zu lachen, gleich darauf prustete auch Lilo los. Konnte es sein, dass die alten Schabracken mehr darüber wussten? Waren sie Kerstin in den Wellnessbereich gefolgt? Hatte sie nicht vor dem Fenster der Saunatür jemanden gesehen, nachdem sie aus ihrem unbeabsichtigten Schlaf erwacht war? Quatsch, das konnte eigentlich nicht sein. Ihre

Fantasie ging mit ihr durch. Zwei so alte Damen taten doch so was nicht!

»Was meint ihr denn?«, fragte sie trotzdem nach.

»André hat erzählt, du bist zu lange in der Sauna geblieben und Burkhard hat Erste Hilfe geleistet.«

»Echt?«

Pamela schaute sie überrascht an.

»Ach, war gar nicht so schlimm«, wiegelte Kerstin ab, die keine Lust hatte, vor den beiden Alten die ganze Geschichte auszubreiten. Lilo und Ingeborg grinsten.

»Ich hab ja gleich gesagt, 13 bei Tisch: Das bringt Unglück«, kommentierte Lilo mit süffisantem Lächeln.

»So lange wir nicht alle für hundert Jahre in Tiefschlaf fallen wie bei Dornröschen, hält sich das Unglück noch in Grenzen. Außerdem, mach dir keine Sorgen: Bisher hat es doch eh nur mich erwischt.«

Mehr gab es dazu nicht zu sagen, dachte Kerstin und nahm einen Schluck von ihrem Drink.

»Tja, das sollte dir vielleicht zu denken geben …«, ließ Lilo den Satz bedeutungsschwer in der Luft hängen und rührte mit dem Strohhalm in ihrem Glas.

Was wollte ihre zukünftige Stiefmutter denn damit andeuten? Sollte das Ironie sein? Sie wusste schon, warum sie dieser Frau nicht traute. Und diese seltsame Harmonie mit Andrés Mutter war Kerstin auch nicht geheuer.

»Wollen wir uns nicht in die Lobby setzen, Kerstin?«, schlug Pamela vor, »wir wollten doch noch was besprechen.«

Mit einem lauten Gurgeln saugte Lilo den Rest ihres Mai Tai durch den Trinkhalm, Kerstins Schwiegermutter leerte ihr Glas in einem Zug und knallte es unsanft auf den Tresen.

»Wir haben verstanden«, stellte Lilo klar, es klang ein wenig vergrätzt, »kein Problem, wir gehen ja schon.«

»Oh Mann«, seufzte Kerstin nur, als die beiden abgezogen waren.

»Tja, Schwiegermutter und Stiefmutter kannst du dir halt nicht aussuchen, die kriegste gratis mitgeliefert«, Pamela schnitt eine Grimasse, »hoffen wir mal, dass euer Papa glücklich wird mit seiner Zukünftigen.«

»Genau das hab ich auch gedacht, als er das mit der Hochzeit vorhin verkündete«, stimmte Kerstin triumphierend zu, »meine liebe Schwester findet das natürlich alles total romantisch. Die ist so was von naiv! Das darfst du ihr nur nicht sagen, dann wird sie stinkig.«

»Ihr beide habt sowieso ein etwas, wie soll ich sagen, nicht ganz einfaches Verhältnis, oder?«

Ein resigniertes Nicken war die Antwort.

»Ihr seid halt ziemlich verschieden.«

»Das stimmt wohl. Weißt du, früher bei uns zu Hause, da hatte jedes Kind so einen Beinamen. Jörg war der Große, ich war die Kluge und Anke die Schöne. Als wir im Teeniealter waren, da wurde sie so was von umschwärmt. Ich glaube, das war ihre beste Zeit, und die hat sie voll ausgekostet. Alle Typen fanden Anke toll.«

Mit 17 war Kerstin überglücklich, endlich einen festen Freund gefunden zu haben. Benny aus der Parallelklasse, nicht gerade cool, aber ein ganz passabler, netter Typ, der an Wissenschaftswettbewerben teilnahm und Cello spielte.

Kerstin wusste noch genau, wie toll sie sich fühlte mit der neuen Karottenhose und der wild gemusterten Bluse mit den breit gepolsterten Schultern, als sie mit Benny in der angesagtesten Disco der Stadt verabredet war. Und sie erinnerte sich ebenso glasklar, wie ihre kleine Schwester dort auftauchte – in einem kurzen schwarzen Spitzenkleid zu Cowboystiefeln, die Locken platinblond, das exakte Abbild von Madonna. Alle Jungs schienen nur noch Anke zu sehen. Doch die interessierte sich nur für einen: Benny.

»Tja, wenn ich ausnahmsweise auch mal einen Freund hatte, was glaubst du, wer sich sofort an den ranmachte?«

Nach drei Wochen machte Anke mit Benny schon wieder Schluss. Sie hatte erreicht, was sie erreichen wollte, bald einen neuen Verehrer und Kerstin war allein und todunglücklich.

»Anke war wirklich ein richtiges Biest. Kann ich mir bei ihr heute gar nicht mehr so richtig vorstellen, aber damals hab ich da ganz schön drunter gelitten. Wahrscheinlich brauchte sie das, weil's bei ihr in anderen Dingen nicht so gut lief.«

»Und sie scheint ja auch jetzt mit ihrem Leben nicht gerade zufrieden zu sein. Auch wenn man in der Familie immer versucht das unter der Decke zu halten: Sie hat doch wieder ihr altes Problem, oder?«

»Scheint so, auch wenn sie sich im Moment total zusammenreißt.«

»Aber sag mal, Kerstin, du musst ja damals eine echte Überfliegerin gewesen sein, was Jörg so erzählt. Dein Bruder war ja auch nicht gerade eine Leuchte, aber danach fragt heute zum Glück keiner mehr.«

»Stimmt, zum Glück! Aber weißt du, das war bei mir nichts Besonderes. Mir machte Schule halt einfach Spaß, das Studium auch, und meinen Beruf liebe ich heute noch genauso wie zu Anfang.«

»Bist ja auch eine richtige Vorzeigeunternehmerin geworden. Immer wieder gibt's Berichte in den Medien über dich als eine der wenigen Frauen, die es in die Chefetage geschafft hat und sich da auch hält. Ich find das toll! Deine kleine Schwester dagegen wirkt heute total bieder. Und auch nicht gerade glücklich. Ich glaube, letztendlich hast du das bessere Los gezogen. Prost! Auf dich, du starke Frau!«

Halbherzig prostete Kerstin zurück.

»Von wegen starke Frau.«

»Bist du doch! Aber jetzt erzähl mal, wie läuft's sonst so bei dir?«

»Ziemlich schief. Ich hab einen Riesenfehler gemacht.«

»Komm, wir setzen uns gemütlich da drüben in die Sessel, und dann erzählst du, was passiert ist.«

Bis auf eine Stehlampe neben dem Kamin hatte Pamela die Beleuchtung in der Bar ausgeschaltet. Die beiden Frauen saßen dicht beieinander vor der großen Panoramascheibe. Es hatte wieder leicht zu schneien begonnen, der Schnee glitzerte sanft unter dem Mondlicht, und es fehlte nur noch das Reh, das plötzlich im Hintergrund aus dem Wald treten würde.

»Also ich muss ein wenig ausholen. Es ist eine lange Geschichte. Vor mehr als 25 Jahren machte ich Ferien am Balaton und lernte einen Mann kennen. Ich war ja, wie gesagt, immer eher der Typ Mauerblümchen. Und das war der tollste Typ, den ich je getroffen hatte …«

Noch nie hatte Kerstin jemandem diese Geschichte erzählt. Auch jetzt kostete es sie große Überwindung, schließlich spielte sie darin keine besonders rühmliche Rolle.

»Der blonde Held war die Liebe deines Lebens! Ach, wie wunderschön. Und dann hast du ihn nie wiedergesehen, aber nie vergessen können – wie herzergreifend!«, schwärmte Pamela.

»Bis dahin, ja. Ich war Anfang 20, dumm und unerfahren. Aber die Geschichte geht ja noch weiter.«

»Ich bin ganz Ohr. Erzähl!«

»Oh Pamela, ich war so doof! Heute kann ich überhaupt nicht mehr kapieren, was ich da gemacht habe. Im letzten Jahr beschlossen Burkhard und ich, mal eine Weile voneinander Pause zu machen. Es war eher seine Idee als meine, muss ich betonen, aber ich sah da kein Problem, wenn er das gern wollte. Er konnte in die Wohnung eines Freundes ziehen, der für ein paar Monate nicht in Berlin war. Er war gerade ein paar Tage ausgezogen, da klingelt es eines Abends …«

»Oh Gott, ich weiß schon, was jetzt kommt! Dein blonder Held! André!«

»Genau. Er stand plötzlich vor mir, natürlich bisschen älter geworden, aber das schadete nix, im Gegenteil. Er sah immer noch verdammt gut aus, etwas markanter vielleicht, war sehr charmant – was soll ich sagen ... Schon eine Stunde später waren wir zusammen im Bett.«

Pamela pfiff anerkennend durch die Zähne und grinste.

»Wie hatte er dich überhaupt gefunden?«

»Zufall. Im Wirtschaftsteil einer Zeitung war ein Artikel über meine Firma erschienen, mit Foto, und da hat er mich erkannt.«

»Und warum hatte er sich nicht gleich nach der Wende bei dir gemeldet?«

»Ach, es war wohl eine sehr schwierige Zeit für ihn. Er verlor seinen Job, musste sich eine neue Existenz aufbauen, das Haus, in dem er wohnte, reklamierte der Alteigentümer aus dem Westen für sich, André musste sich um seine Mutter und seine Oma kümmern – keine Ahnung. Vielleicht war es ihm auch peinlich. Uns Wessis haben ja die Probleme der Leute im Osten eigentlich gar nicht richtig interessiert. Die sollten sich über die Freiheit, Bananen und die D-Mark freuen und gut war's.«

»Ja, stimmt schon irgendwie.«

»Jedenfalls fühlte ich mich mit einem Schlag wieder genauso jung wie damals am Balaton, und diesmal wollte ich diesen tollen Mann nicht wieder verlieren. Also hab ich ihm nach ein paar Wochen, ach, nach ein paar Tagen, einen Heiratsantrag gemacht. Du glaubst nicht, wie peinlich mir das alles inzwischen ist. Mein Verstand war vollkommen ausgeschaltet.«

»Und ich hab dich bei deiner Hochzeit so beneidet. Du warst ja so was von verliebt! Und ihr beide wart ein wirklich schönes Paar! Wir haben uns zwar alle gewundert, woher ihr euch kennt, weil du ja noch wenige Monate zuvor mit Burkhard zusammengewohnt hast, aber keiner wusste irgendwas, und direkt auf der Hochzeit will man ja nicht gleich so neugierig fragen.«

»Ach Pamela, ich fand das total romantisch, dieses Geheimnis um unsere Beziehung, das nur wir beide kannten. Tja, so zwei, drei Monate hat's gedauert, bis sich der rosa Nebel in meinem Hirn langsam lichtete.«

Völlig fasziniert saß Pamela neben Kerstin und lauschte gespannt ihren Worten.

»Weißt du, was Burkhard über mich mal gesagt hat?«
»Was denn?«
»Dass ich zwar Geschäftsberichte lesen und prima Businesspläne machen kann, aber vom richtigen Leben manchmal keine Ahnung hätte.«

»Na ja, zumindest bist du normalerweise ein sehr rationaler Mensch. Dachte ich jedenfalls immer. Umso schöner fand ich es, dich bei eurer Hochzeit so verliebt zu sehen.«

»Oh Mann, Pamela, ich schäm mich so. Was soll ich dazu sagen? Du kennst ja André. Er sieht blendend aus und ist sehr charmant, nett und unkompliziert. Aber das ist auch schon alles. Wir haben überhaupt nichts gemeinsam.«

»Wirklich, stimmt das?«

Pamela machte ein skeptisches Gesicht.

»Ach so, ja, ich vergaß, André ist ein fantastischer Liebhaber. Der Sex mit ihm war unglaublich gut.«

»Dacht' ich mir, denn das schien dir ja nicht so ganz unwichtig zu sein«, griente Pamela.

»Natürlich. Darf frau sich ja auch mal gönnen. Aber es reicht halt nicht als Basis für eine Beziehung, jedenfalls bei mir nicht. Wir passen nicht zusammen, wir haben so unterschiedliche Interessen, es geht einfach nicht.«

»Du willst dich also scheiden lassen«, stellte Pamela fest.

»Genau.«

»Hast du es ihm schon gesagt?«

Resigniert verneinte Kerstin.

»Genau das ist das Problem. Ich war beruflich so viel unterwegs in den letzten Wochen, da war einfach keine Gelegenheit. André ahnt überhaupt nichts. Ich dachte, hier und jetzt wäre es günstig, wenn wir ganz entspannt die Weihnachtstage zusammen verbringen. Ist ja nun ein bisschen anders gekommen.«

»Aber dein Entschluss steht fest?«

»Ja, natürlich. Oder findest du das nicht richtig?«

»Doch, selbstverständlich, wenn du dir wirklich sicher bist! Meine Devise ist immer, lieber ein Ende mit Schrecken als ein Schrecken ohne Ende. Also mach das, bald!«

»Gut. Ich hatte das ohnehin vor, aber danke, dass du mir zugehört hast. Jetzt bin ich mir irgendwie noch sicherer, die richtige Entscheidung getroffen zu haben. Ich muss sofort mit André reden.«

»Und dann? Meinst du, Burkhard und du, ihr kommt wieder zusammen?«

»Keine Ahnung.«

»Würdest du das denn wollen?«

Ach ja, Pamela war eben sehr direkt.

»Ich weiß es nicht. Vielleicht.«

KAPITEL X

In der Lobby lag Kerstins Schwiegermutter mit geschlossenen Augen ziemlich ermattet in einem der tiefen Sessel, während Lilo aufrecht daneben saß und sich suchend umschaute. Sie wirkte irgendwie nervös. Als ihr Blick auf Kerstin fiel, winkte diese ihr nur kurz zu. Sie wollte jetzt erst einmal André finden, und die gesprächige Lilo ließ einen nie so schnell wieder aus ihren Fängen.

Aus dem Restaurant schallte Kerstin lautes Lachen entgegen. Sie sah ihre Nichten mit Lukas, Burkhard und Jörg um einen Tisch sitzen, irgendein Gesellschaftsspiel spielen und sich offensichtlich gut unterhalten. Aber keine Spur von André.

Wo war der nun wieder abgeblieben? Kerstin sah sich um. Hatte er sich vielleicht nach oben ins Zimmer zurückgezogen? Das konnte sich Kerstin gar nicht vorstellen. Ihr Mann war doch so eine Nachteule und feierte ausgesprochen gern. Konnte es sein, dass ihm Burkhards Anwesenheit derart die Laune verdorben hatte? Oder ahnte er etwa doch, dass ihre Beziehung auf das Ende zusteuerte, zumindest von ihrer Seite?

Kerstins Blick streifte den elegant geschwungenen Rezeptionstresen, der mit blauen Schieferplatten verkleidet war und hinter dem sich die Brieffächer für die Gäste befanden. Daneben waren an einem Brett die Zimmerschlüssel aufgereiht, für über 40 Zimmer. Mechanische Schließanlagen gab es sonst meist nur noch in kleineren Hotels, die Mehrzahl arbeitete heute mit elektronischen Schließsystemen. Die boten besseren Einbruchschutz sowie eine praktische Verbindung zu Verwaltungsvorgängen, was sehr viel Zeit und Personal sparen half, wie Kerstin aus ihrer Beratertätigkeit und persönlicher Erfahrung wusste. Auch in der Hinsicht gab es in der Blauen Bergvilla einen Nachholbedarf. Automatisch zählte sie diesen Punkt zu den vielen Dingen hinzu, die sie bereits auf ihre Mängelliste gesetzt hatte. Immer alles gleich in Zahlen umzurechnen, war so eine Berufskrankheit. Und wer weiß, welche Baustellen sich noch hinter den Kulissen fanden ... Sie sollte André seine fixe Idee wirklich ausreden. Objekte wie dieses Hotel konnten für einen Investor leicht zu einem Fass ohne Boden werden. Ein Alptraum!

Die Tür mit der Aufschrift »Direktionsbüro« hinter dem Tresen war nur angelehnt. Hörte sie da jemanden sprechen? War das André?

»André?«

Es dauerte einen Augenblick, dann erschien sein Kopf in der Tür.

»Was gibt's denn, mein Schatz?«

»Ich hab dich gesucht. Was machst du da drin?«

»Reine Neugier.«

Er hielt das dicke Schlüsselbund hoch, das ihnen die Hotelmanagerin überlassen hatte.

»Wenn ich hier schon die Schlüsselgewalt habe. Da hab ich gleich mal den Direktorensessel ausprobiert.«

André war wirklich unverbesserlich. War im Traum schon Hoteldirektor!

»Und mit wem hast du gesprochen?«

»Hä? Höchstens mit mir selbst«, grinste er, »was wolltest du denn von mir?«

»Ich muss mal mit dir reden, André. Ist zwar doof jetzt, ausgerechnet an Heiligabend, aber dieses Weihnachten ist ja eh kein normales Weihnachten.« Sie ließen sich gerade auf einem der Sofas in der Lobby nieder, als sie Ankes Stimme vernahmen.

»Sag mal, weißt du, wo Papa ist?« Mit hektischen Schritten kam Anke auf sie zu.

»Nein, warum?«

»Lilo ist schon ganz besorgt, denn er ist bestimmt schon eine halbe Stunde weg. Aber ich kann ihn nirgends finden.«

»Vielleicht ist er eine rauchen?«

Anke schüttelte den Kopf.

»Nein, draußen ist er nicht, ich hab schon nachgesehen, weder auf dem Hof noch vor dem Haupteingang.«

»Er kann ja hier nicht verloren gehen. Vielleicht ist er oben im Zimmer?«

»Genau, da will ich jetzt hin. Eigentlich hat er aber gar keinen Schlüssel. Lilo hat ihn mir grade gegeben.«

Kerstin kam ihre Schwester im wahrsten Sinne des Wortes ernüchtert vor. Das war ja nicht das Schlechteste.

»Helmut macht jetzt übrigens für alle Kaffee, Kuchen soll's auch geben. Die Kaffeetafel hab ich schon vorbereitet. Schrecklich, in diesem unübersichtlichen Kasten kann man sich wirklich permanent verlaufen«, kommentierte Anke vorwurfsvoll, während sie die Treppe in den ersten Stock nahm.

»Du wolltest mit mir sprechen?«

»Ach, war nicht so wichtig«, winkte Kerstin ab, die Burkhard gerade durch die Eingangstür hereinkommen sah. Das fehlte noch, dass der von ihren Trennungsplänen etwas mitbekam!

»Jetzt sollten wir vielleicht erst mal nach Papa suchen.«

»Dein Papa? Vielleicht will er ja die Vorräte im Weinkeller persönlich inspizieren«, mutmaßte André, »der ist doch so ein Genießer.«

Die Überlegung fand Kerstin gar nicht so abwegig.

»Ja, da hast du recht. Das kann sein.«

André stand auf.

»Wollen wir mal nachsehen? Kommst du mit?«

»Ja, klar.«

Er streckte Kerstin seine Rechte hin, um ihr hoch zu helfen. In dem Moment trat Burkhard zu ihnen heran.

»Wohin des Wegs?«

»André meint, wir sollten mal im Weinkeller nach Papa schauen.«

»Ja, das ist eine gute Idee. Aber du mit deinem dicken Knie lässt das schön bleiben, dich die steile Treppe da runterzuhangeln. André kann sicher auch allein nach deinem Vater schauen, oder?«

»Logisch«, machte André achselzuckend und ging los, während sich Burkhard neben Kerstin auf das graue Ledersofa fallen ließ. Er entledigte sich seiner warmen Kapuzenjacke. Um seine Stiefel bildeten sich vom schmelzenden Schnee kleine Wasserpfützen.

»Warst du draußen eine rauchen?«, fragte Kerstin spöttisch mit Blick auf seine Füße.

»Ja, ich war draußen. Geraucht hab ich nicht, aber eine interessante Entdeckung gemacht.«

»Ach, was hast du denn entdeckt?«

»Ich weiß nicht genau. Vielleicht hat uns hier jemand besucht.«

»Wie meinst du das denn?«

In Kerstins Stimme schwang Befremden.

»Ich habe eben auch nach deinem Papa geschaut. Hinten im Innenhof war er nicht, also bin ich zum Haupteingang und dort dem frei geschippten Pfad zum Parkplatz gefolgt. Da war niemand, aber hinter den Autos hab ich eine Spur entdeckt.«

»Was für eine Spur denn? Wölfe?«, witzelte Kerstin.

»Quatsch! Und nicht so laut«, Burkhard schaute sich um, »Schneeschuhe, ich glaube, da ist jemand mit Schneeschuhen gelaufen.«

»Meinst du auf Skiern?«

»Nein, keine Skier. Ich denke, es sind diese Teile, die man sich im Tiefschnee unter die Schuhe schnallt, um nicht einzusinken. Indianer und Eskimos nutzten so was schon vor ewigen Zeiten. Heute werden die auch als Sportgeräte verwendet.«

»Und, was heißt das?«

»Das weiß ich noch nicht. Die Spur endet dort, wo die Autos abgestellt sind. Ich kann mich nicht erinnern, die gesehen zu haben, als wir euer Gepäck geholt haben«, meinte Burkhard nachdenklich, »und ich glaube, es ist nicht nur eine. Ich bin kein Trapper. So genau kann ich diese Abdrücke nicht lesen. Aber entweder war es mehr als eine Person, oder sie ist hin und her gelaufen.«

Kerstin sah ihre Schwester hastig durch die Lobby eilen.

»Hey Anke, hast du Papa gefunden?«, rief sie ihr zu.

»Nein. Ich war in seinem Zimmer, aber da war er nicht. Ich bin sämtliche Flure oben abgelaufen – nichts. Ich geh jetzt mal nach unten in den Wellnessbereich. Ich weiß zwar nicht, was er da machen sollte, aber man kann nie wissen. Draußen hab ich ja auch schon überall geschaut. So langsam mach ich mir echt Sorgen.«

Anke eilte weiter. Sie schien wirklich beunruhigt.

»Hoffentlich taucht Papa bald wieder auf«, murmelte Kerstin mehr zu sich selbst und dann zu Burkhard gewandt: »Glaubst du ehrlich, dass jemand im Dunkeln da draußen ums Hotel schleicht?«

Sie sah zu den großen Panoramascheiben, hinter denen das gedämpfte Licht aus der Lobby in den Schnee fiel und am Rand in ein tiefes Schwarz überging.

»Warum sollte das jemand tun? Meinst du, jemand will uns überfallen? Hier und jetzt?«

Ihr Gesicht war voller Skepsis.

»Das wäre doch ein völlig hirnrissiger Plan. Was könnte man denn hier schon erbeuten? Kann ich mir überhaupt nicht vorstellen.«

Während sie noch so forsch widersprach, fiel ihr plötzlich das Erlebnis in der Sauna ein, der Rempler oben im Gang und all die anderen kuriosen Dinge, die ihr heute passiert waren. Doch sie behielt ihre Gedanken für sich, sie auszusprechen bedeutete, die Angst hereinzulassen. Das war keine gute Perspektive.

»Ich weiß doch auch nicht, was das bedeutet. Aber zumindest sind diese frischen Spuren irgendwie merkwürdig. Einsame Schneewanderer, unterwegs in der Dunkelheit am Heiligabend – klingt auch nicht normal, oder?«

»Irgendeine Erklärung wird's schon geben. Auf jeden Fall solltest du erst mal nicht drüber reden. Sonst bricht hier bei manchen womöglich Panik aus.«

»Klar, hatte ich sowieso nicht vor. Ich werde die Sache aber im Auge behalten.«

»Das kann auf jeden Fall nicht schaden.«

Wieder bedachte Burkhard sie mit so einem komischen Blick wie heute schon des Öfteren.

»Was ich dir gesagt hab, dass du auf dich aufpassen sollst, das gilt natürlich immer noch. Keine steilen Treppen und so. Denk an dein Knie!«

»Okidoki, Doc«, nickte Kerstin.

»Sehr brav, das wollte ich hören. Ich dreh noch mal 'ne Runde«, verabschiedete er sich mit einem aufmunternden Lächeln in Richtung Hinterausgang.

Auch wenn sie den Gedanken weit von sich schob, wegen der Spuren draußen ernsthaft besorgt zu sein – eine kleine Verunsicherung spürte Kerstin doch, nachdem Burkhard sie allein in der Lobby zurückgelassen hatte. Sie begann schon zu überlegen, ob es wohl einen Zusammenhang mit dem Verschwinden ihres Vaters geben könnte, als der sich plötzlich neben ihr auf das Sofa sinken ließ.

»Papa! Wo warst du denn?«

»Ich war ein bisschen spazieren.«

»Ach ja? Bei dem Schnee?«

»Ich war nicht draußen. Aber ich hab ein bisschen Bewegung gebraucht. Also bin ich einmal durchs ganze Haus marschiert, ist ja groß genug.«

»Anke wird sich freuen. Die hat schon überall nach dir gesucht. Es soll jetzt gleich Kaffee und Kuchen geben.«

»In der Weitläufigkeit dieses Hauses kann man schon mal aneinander vorbeilaufen. Aber spätestens, wenn ich den Kaffee gerochen hätte, wäre ich sowieso gekommen. Kennst mich doch!«

Kerstin griff nach der Hand ihres Vaters.

»Papa, wie geht's dir eigentlich so? Wir haben heute noch gar nicht richtig miteinander sprechen können.«

»Du hast es ja vorgezogen, im Schnee zu verschwinden, als ich es vorhin versucht habe«, schmunzelte er.

»Tut mir leid.«

Auch Kerstin musste grinsen. Sie kannte seinen Humor, und sie wusste, dass er es nicht böse meinte.

»Aber um deine Frage zu beantworten, es geht mir gut. Es geht mir sogar sehr gut. Weißt du …«, er machte eine kurze Pause, »seit Lilo bei mir eingezogen ist, weiß ich erst, was mir all die Jahre gefehlt hat. Es ist so schön, wenn man morgens nicht allein aufwacht, wenn man seinen ersten und letzten Gedanken, seine Freuden und seine Sorgen mit jemandem teilen kann, wenn da jemand ist, dem du genauso viel bedeutest wie er dir.«

»Das freut mich für dich, wirklich!«

»Lilo ist nicht einfach. Aber wer ist das schon? Ich hab auch so meine Macken. Aber wir haben uns lieb, und wenn wir uns mal streiten, dann versucht jeder, nicht so stur auf seiner Ansicht zu beharren. Bis jetzt kriegen wir das ganz gut hin.«

»Das Wichtigste ist, dass du glücklich bist, Papa!«, sagte Kerstin herzlich. Sie war erstaunt, wie klar ihr Vater seine Beziehung zu Lilo sah und wie offen er darüber sprach.

»Ich bin glücklich, Kerstin, ja wirklich. Lilo ist für mich ein echtes Lebenselixier«, er sah seiner Tochter geradewegs in die Augen, »und ich weiß aber auch, dass du so deine Schwierigkeiten mit Lilo hast.«

»Na ja, ich …«

»Du brauchst dich nicht zu rechtfertigen. Wie gesagt, Lilo ist nicht einfach, so wie du auch nicht einfach bist, oder? Aber ich hoffe, ihr werdet trotzdem miteinander auskommen. Nur das wünsche ich mir von dir zu unserer Hochzeit.«

»Ich verspreche es dir, Papa! Ich werde mir alle Mühe geben.«

Sie meinte es wirklich ehrlich. Auch wenn es ihr schwerfallen würde, sie würde den Mund halten, ihre Sticheleien unterdrücken, Lilos Rechthabereien überhören und den unerquicklichen Diskussionen mit ihr ausweichen. Es gab wahrlich Wichtigeres, als seine Energien auf diese Kleinkrämereien zu verschwenden.

»Ich danke dir, meine Große, meine kluge Große«, er lächelte Kerstin an. Für einen Moment waren sie still.

Dann sagte er: »Deine Schwester scheint sich ja zum Glück ganz gut zu halten, oder?«

»Ja, finde ich auch. Als ich sie eben gesehen habe, war sie total besorgt um dich und wirkte völlig normal.«

»Vielleicht bringt sie dieses Treffen ausnahmsweise mal wieder ohne einen der üblichen Alkoholexzesse hinter sich. Wäre ja schön.«

Der alte Herr schaute zu Kerstin.

»Und wie sieht es bei dir aus? Was macht das junge Glück? Wie geht es dir mit deinem Mann?«

Kerstin zeigte in den hinteren Teil der Lobby.

»Wenn man vom Teufel spricht: Mein Mann hat dich im Weinkeller vermutet.«

André kam den Gang entlang, zum Glück, denn ihrem Vater mochte Kerstin nicht die Wahrheit über ihre Ehe erzählen – jedenfalls nicht, bevor sie die Auflösung derselben vorbereitet hätte.

»Na da bist du ja, Schwiegerpapa, du wurdest schon vermisst. Und ich dachte, du bist nach den Weinvorräten gucken gegangen.«

Gut gelaunt setzte André sich zu ihnen.

»Keine schlechte Idee! Das sollte ich vielleicht nachholen. Zeigst du mir den Weg?«

»Du bleibst jetzt schön hier, Papa!«, mahnte Kerstin übertrieben streng, »du willst doch keinen Ärger mit Anke kriegen? Die Chefin hat eine festliche Kaffeetafel vorbereitet – Pflichttermin für alle.«

Eine kalte Hand griff Kerstin in den Nacken, sodass diese erschrocken hochfuhr.

»Kannst du das nicht einfach mal lassen, große

Schwester?«, fragte Anke mit zusammengebissenen Zähnen, bevor sie ihren Griff lockerte und mit einem charmanten Lächeln vor das Sofa trat.

»So, würden Sie mir dann bitte ins Restaurant folgen?«

Kerstin, André und ihr Vater standen auf und machten sich auf den Weg zur Kaffeetafel, da holte Lilo sie mit ihren Trippelschritten ein.

»Du bist wieder da, mein Lieber! Mir fällt ein Stein vom Herzen!«, rief sie erleichtert, drängte sich neben Kerstins Vater, fasste seine Hand und drückte sie unaufhörlich.

»Ich hab mir so schreckliche Sorgen gemacht. Wenn du bei dem Wetter rausgehst und stürzt – ich darf da gar nicht drüber nachdenken, da kann einem ja sonst was passieren!«

Lilo war einen Kopf kleiner als er. Sie konnte es nicht lassen, sich immer wieder an seine Brust zu drücken. Zwischendurch hob sie ihm ihr Gesicht entgegen, um ihn glücklich anzulächeln. Kerstin merkte ihrem Vater die Freude und die Rührung an, welche der Gefühlsüberschwang seiner Gefährtin in ihm auslöste.

Schließlich küssten sich die beiden alten Herrschaften zärtlich, was Kerstin im tiefsten Inneren sehr berührte. Und sie nahm sich vor, ihr Urteil über Lilo einer genauen Prüfung zu unterziehen. Vielleicht hatte sie ja doch vorschnell den Stab über sie gebrochen.

KAPITEL XI

Das Restaurant durchzog köstlicher Kaffeeduft, auf dem Tisch standen Platten mit appetitlich aussehendem Kuchen. Zuvorkommend bot André ihr einen Stuhl an und rückte ihn am Tisch zurecht, als Kerstin darauf Platz genommen hatte.

»Oh Mann, unser Marmorkuchen und LPG-Kuchen – ich werd verrückt!«

Begeistert lud André zwei Teller voll und stellte einen vor Kerstin.

»Du wirst sehen, Schneckchen, die schmecken so was von lecker!«

»LPG-Kuchen? Echt, so heißt der?«

Helmut stellte zwei große Warmhaltekannen auf den Tisch.

»Na, wenn ich das gewusst hätte, dann hätte ich den sozialistischen Kram im Tiefkühler gelassen«, grinste er, »und warum heißt der so?«

»Keine Ahnung. Mutti, weißt du was über den Namen vom LPG-Kuchen?«

»Der hieß immer schon so. Die Zutaten dafür waren immer leicht zu kriegen, und so wurde der LPG-Kuchen halt oft und gern gebacken in der DDR«, erläuterte Ingeborg und nahm sich ein Stück des viel gepriesenen Backwerks.

»Schmeckt ja auch gut.«

»Und der Marmorkuchen ist original wie deiner früher, Mutti! Prima!«, freute sich André und fügte mit einem Augenzwinkern hinzu, »müsst ihr unbedingt probieren, kennt ihr so vielleicht gar nicht.«

»Wieso? Marmorkuchen, den gibt's doch überall«, widersprach Jörg.

»Aber unseren bäckt man mit Mineralwasser und Öl, das macht ihn schön feucht und lange haltbar. Gib mir doch bitte auch ein Stück«, bat Ingeborg ihren Sohn.

Trotz des reichhaltigen Abendessens und Helmuts Weihnachtskeksen wurde fleißig zugegriffen.

»Wo steckt eigentlich Burki?«

Anke sah sich suchend um.

»Hat der nicht mitbekommen, dass es Kaffee und Kuchen gibt?«

»Doch, hat er mitbekommen. Ich hab mir nur an der frischen Luft noch ein bisschen Appetit geholt«, antwortete Burkhard mit einem Augenzwinkern, nahm seinen Platz an der Tafel ein und goss sich eine Tasse voll Kaffee.

»Übrigens schneit es nicht mehr. Dafür ist es 'ne ganze Ecke kälter geworden. Minus fünf Grad haben wir jetzt.«

Mit sichtlichem Vergnügen machte er sich an ein Stück Kuchen.

»Kinder, irgendwie find ich das immer noch total verrückt, dass wir hier in einem eingeschneiten Hotel sitzen und Weihnachten feiern«, meinte Jörg plötzlich, »ihr nicht auch? Und dass die so kurz vor knapp geschlossen haben, ist doch irre, und dann auch noch versäumt haben, uns zu benachrichtigen. Was für ein dummer Zufall! Unzuverlässiges Personal ist eben ein echtes Problem und der erste Schritt in den Untergang.«

»Denen ist wahrscheinlich das Geld ausgegangen, weshalb sie einfach haben dichtmachen müssen«, ergänzte Helmut, »wenn du ein bisschen genauer hinschaust, merkste auch, dass der Laden mal wieder dringend grundüberholt werden müsste.«

»Ob diese Frau Winter auch die Besitzerin ist?«, überlegte Jörg, »wenn ja, dann möchte ich nicht mit der tauschen.«

Zustimmendes Nicken kam aus der Runde.

»Zumindest hatten sie aber einen guten Bäcker hier. Dieser Marmorkuchen ist wirklich klasse«, konstatierte Helmut und alle widmeten sich wieder den hausgebackenen Köstlichkeiten.

»Mami, was machen wir morgen?«, fragte Emily in die genussvolle Stille.

»Das kann ich dir noch nicht sagen, mein Engel.«
Anke sah zu ihrem Mann.

»Das hängt von verschiedenen Dingen ab, nicht wahr, Helmut?«

»Genau. Ich nehme an, diese Frau Winter wird den Schneeräumdienst informieren, und die werden hoffentlich so bald wie möglich die Zufahrt frei machen.«

»Ja, wollt ihr denn dann alle gleich wieder weg von hier?«, erkundigte sich Jörg erstaunt.

»Wieso, du nicht?«, gab Helmut zurück.

»Also, ich würde eigentlich gern Snowboard fahren

oder Ski. Wenn hier schon so geil viel Schnee liegt«, meldete sich Lukas prompt.

Einen Moment redeten alle durcheinander, dann klopfte André gegen sein Glas.

»Zumindest über die Feiertage könnten wir doch noch bleiben. Es gibt genug Essen und Getränke im Vorrat, es ist warm …«

»Das ist nicht übel, ja«, unterbrach ihn Helmut, »aber das Schwimmbad ist abgelassen, draußen gibt es keine geräumten Wege oder Loipen, man kann also wenig unternehmen, höchstens mit den Autos zu einer Piste oder einem Lift fahren, vorausgesetzt, die Stichstraße ist morgen wirklich geräumt und die Pisten sind schon vorbereitet.«

»Es gibt hier im Haus auch einen Fitnessraum, Helmut. Da könntest du mal wieder an deinem Sixpack arbeiten«, zog Jörg seinen ziemlich übergewichtigen Schwager auf, der den Ratschlag lieber überhörte.

»Die Idee mit dem Wintersport finde ich gar nicht schlecht, Lukas. Weiß jemand, ob man hier im Hotel Skier oder anderes Wintersportgerät leihen kann?«, fragte Burkhard in die Runde.

»Ich glaub, ich hab das irgendwo auf der Webseite vom Hotel gelesen«, überlegte Anke, »zumindest Skier und Schlitten müsste es geben.«

»Au ja, Schlitten fahren! Bitte, Papi!«, freute sich Emily.

»Jörg oder André, hat Frau Winter euch gezeigt, wo sich das Sportgerät befindet?«, wollte Burkhard wissen.

Die beiden verneinten.

»Du hast doch Schnee geschippt, André? Wo hattest du denn den Schneeschieber her?«

»Aus einem Schuppen hinten am Haus. Ich hab da gar nicht weiter geschaut, aber stimmt, dort könnten Schlitten und so was sein.«

»Vielleicht gibt's ja auch Schneeschuhe, wie die Eskimos sie benutzen. Damit könnten wir sogar eine Wanderung im Tiefschnee machen.«

»Ja, vielleicht«, nickte André, »muss ich mal gucken gehen.«

»Nee Jungs, ich glaube das muss ich mir nicht antun. Das ist doch wahnsinnig anstrengend«, Helmut hob abwehrend die Hände, »da krieg ich schon das Schwitzen, wenn ich nur dran denke!«

»Wieso, ist doch witzig! Das sind doch diese Dinger, die aussehen wie Tennisschläger, oder? Also, ich wär dabei!«

»Na, ich hoffe mal, wenn überhaupt, haben die hier schon ein paar modernere Modelle, Jörg«, lachte Burkhard.

»Wir könnten doch auch in ein anderes Hotel hier in der Gegend umziehen«, regte Lilo an, »das nicht so weit ab vom Schuss liegt, wo es einen netten kleinen Ort gibt, man vielleicht ein bisschen spazieren gehen könnte und anschließend in ein nettes Café.«

Anke wiegte bedenklich ihren Kopf.

»Das wird schwierig. Zum einen haben wir hier kein Internet, wo man erst mal schauen könnte, was es zur Auswahl gibt, zum anderen sind die guten Häuser wahrscheinlich alle voll.«

»Frau Winter kann ja was für uns suchen. Die wird ja wohl morgen früh wieder auftauchen. Die kennt sich bestimmt bestens aus«, meinte Helmut.

»Also von mir aus könnten wir bleiben. Ist doch gar nicht so schlecht hier.«

André lehnte sich auf seinem Stuhl zurück und schaute in die Runde. Die Stimmen für Gehen oder Bleiben teilten sich in etwa zu gleichen Teilen. Kerstin war unentschlossen.

»Vielleicht sollten wir einfach die Nacht drüber schlafen«, schlug sie vor, »und morgen beim Frühstück darüber entscheiden. Dann wissen wir wahrscheinlich auch, ob die Zufahrtsstraße geräumt wird.«

»Sollen wir abstimmen?«, schlug Jörg vor.

»Quatsch! Das kann doch jeder für sich entscheiden. Wer bleiben will, bleibt und wer nicht, der reist eben ab.«

»Ach Helmut, das ist doch doof«, widersprach Anke, »wir wollten doch die Weihnachtstage alle zusammen verbringen!«

»Und wenn du als Küchenchef weg bist, wer soll uns dann denn so lecker bekochen?«, fragte Jörg, und Burkard stellte empört fest:

»Ja, Helmut! Du kannst deinen Job nicht so einfach an den Nagel hängen!«

»Ich hab ja auch schon einiges vorbereitet«, verriet Helmut, dem die lobenden Sprüche der anderen sichtlich wohltaten, »für morgen hab ich zwei Gänse aus der Kühlzelle genommen. Dazu werde ich euch einen schönen Rotkohl servieren und Thüringer Klöße, die gibt's nämlich auch schon vorbereitet in ausreichender Zahl, als ob man uns erwartet hätte.«

»Und was ist mit Frühstück?«

»Lukas, denkst du jetzt schon wieder ans Essen?«, fragte Kerstin ihren Sohn.

»Wenn ich morgen auf die Piste will, brauche ich was Ordentliches im Magen, Mama.«

»Keine Sorge, mein Junge«, meinte Helmut beruhigend, »von Brötchen über Wurst und Käse, Eier, Marmelade und Müsli – es ist alles da.«

»Wenn ich auch mal meine unmaßgebliche Meinung äußern darf: Ich finde Kerstins Vorschlag vernünftig«, mischte sich ihr Vater ein, der sich bisher nicht an der Runde beteiligt hatte, »lasst uns die Entscheidung auf morgen früh vertagen. Und jetzt sollten wir vielleicht in der Bar drüben einen Absacker nehmen, oder?«

»So, nun erzähl mal!«

»Wie, was soll ich erzählen?«

Irritiert schaute Kerstin zu Burkhard, der die Tür hinter sich schloss. Während die anderen sich auf den Weg in die Bar machten, hatte er sie schnell in einen Raum gezogen, den ein Schild über dem Eingang großartig als Bibliothek auswies. In den Regalen lagen in überschaubarer Menge abgegriffene Taschenbücher, zumeist Krimis, zwischen ebenfalls schon ziemlich lädierten Wälzern von Simmel über Konsalik bis Dan Brown, dazwischen antiquarisch anmutende Bände von Erwin Strittmatter und Anna Seghers.

»Ist doch gut hier«, Burkhard nahm an einem der

beiden schlichten Tische Platz, »da sind wir ungestört und können unser Gespräch von vorhin fortsetzen.«

»Welches Gespräch?«

»Das über André. Wie ist er denn so?«

Obwohl Kerstin angesichts der Frage am liebsten gleich das Weite gesucht hätte, setzte sie sich Burkhard gegenüber.

»Sag mal, was hast du immerzu mit André? Du hast mich doch schon genug über ihn ausgefragt. Ich habe eigentlich keine Lust, ständig mit dir über ihn zu reden.«

»Aber du kannst doch wenigstens mal erzählen, wie du ihn kennengelernt hast, oder? Interessiert mich einfach.«

Burkhard lächelte schief, ein bisschen verlegen vielleicht, fand Kerstin. Womöglich denkt er ja, ich hätte ihn schon vor seinem Auszug mit André betrogen, ging es ihr durch den Kopf. Das sollte sie dann wohl besser richtigstellen. Sie brauchte ja nicht ins Detail zu gehen.

»Also, ich kannte André schon lange, bevor wir uns trafen.«

»Ach«, machte Burkhard ehrlich überrascht, »du hast nie von ihm erzählt.«

»Hast du mir jemals von einer früheren Freundin erzählt? Na siehst du«, sagte Kerstin, als Burkhard so etwas wie ein Nein murmelte.

»Ich hab '89 mit Freunden Urlaub am Balaton gemacht, da haben wir uns kennengelernt.«

»Damals schon? Und?«

»Nichts und. Es ging nicht sehr lange. Erst im letzten

Jahr, kurz nach deinem Auszug, da ist er überraschend bei mir aufgetaucht.«

»Ja, das ist mir noch lebhaft in Erinnerung«, meinte Burkhard spitz, »dann muss er damals '89 aber einen nachhaltigen Eindruck auf dich gemacht haben.«

Er musterte sie grübelnd. Kerstin senkte den Kopf und ließ die Haare ins Gesicht fallen. Sie hoffte, er würde nicht mitkriegen, wie ihr die Röte in die Wangen stieg. Doch er war schon bei der nächsten Frage:

»Was hat er denn damals so gemacht? Hat er studiert oder war er schon im Beruf? In welcher Gegend hat er gewohnt? Ich meine, '89 war ja eine spannende Zeit bei uns im Osten.«

»Er wohnte in Leipzig und arbeitete irgendwas für die Gewerkschaft, Ferienplatzvergabe und so bei, na ja, wie hieß dieser Betrieb? Plaste und Elaste aus Schkopau?«

»Ah ja, die Buna-Werke, interessant. War er bei der Armee gewesen?«

»Ich glaub schon.«

»Genauer weißt du das nicht?«

»Nee, darüber haben wir nie intensiver gesprochen. Ach Burkhard, was soll das? Ist ewig her. Warum interessiert dich das alles überhaupt?«

»Immerhin hab ich auch eine Ostbiografie. Ich kenne deinen Mann ja so gut wie gar nicht, da find ich das einfach interessant, vor allem die Gegensätze. Ich durfte nicht studieren, weil ich den Dienst an der Waffe verweigert habe, während dein Mann …«

»Ich weiß«, unterbrach ihn Kerstin, der dieses Gespräch höchst unangenehm war, nicht zuletzt wegen ihrer eigenen Unbedarftheit. Und ausgerechnet sie hatte Anke vorhin Naivität vorgeworfen.

»Wie war das denn bei ihm nach der Wende?«

»Ach, da hat er alle möglichen Jobs gehabt, hat er erzählt, bis er sich selbstständig gemacht hat.«

»Als was?«

»Er war als Versicherungsfachmann tätig. Aber nach Details fragst du ihn am besten selbst.«

So, das reichte, mehr würde sie nicht sagen, schon gar nicht, dass sie André mehrere Geschäftsideen finanziert hatte, erfolglos finanziert hatte.

»Gibt's eigentlich was Neues von deinem Yeti?«, fragte Kerstin, um mit dem Thema André endlich Schluss zu machen, »du warst doch vor dem Kaffeetrinken noch mal draußen?«

Burkhards Miene und sein leises Lachen zeigten ihr, dass er ihr Ablenkungsmanöver genau durchschaute.

»Nicht viel. In diesem Schuppen, aus dem André den Schneeschieber hatte, gibt es tatsächlich diverse Paar Skier und auch ein paar Schlitten. Alles in mehr oder weniger gutem Zustand. Auch drei Paar Schneeschuhe hab ich dort gesehen.«

»Hast du deshalb vorhin vom Schneeschuhwandern angefangen?«

Burkhard nickte.

»War ein Versuch. Ich wollte sehen, ob irgendeiner von uns von den Dingern weiß. Schien ja nicht so. Aber das eine Paar im Schuppen ist auf jeden Fall vor Kurzem benutzt worden. Da klebte noch Schnee dran. Ergo ...«

»… glaubst du also wirklich, dass hier jemand Fremdes herumgeistert!«

»Findest du das denn so abwegig?«

»Ich weiß nicht«, antwortete Kerstin unschlüssig, die hoffte, dass Burkhard nicht recht hatte, »aber wenn du dir sicher bist, sollten wir es dann nicht lieber den anderen sagen?«

»Lass uns lieber ein bisschen abwarten. Zu 100 Prozent sicher bin ich mir noch nicht.«

»Dann gehen wir am besten zurück zu den anderen.«

»Willst du in der Bar einen Absacker nehmen?«, stichelte Burkhard, »oder vermisst du deinen Mann?«

Bis auf die beiden Mädchen und Lukas saßen alle anderen in der Bar an drei Tischen verteilt und unterhielten sich angeregt. Möglichst ohne Aufsehen wollte sich Kerstin auf einen der freien Plätze setzen. Sie hatte die Wahl zwischen Lilo und Anke oder André und seiner Mutter und entschied sich für Erstere.

»Wo wart ihr zwei denn?«, rief Anke unnötig laut, als Kerstin neben ihr auf dem Stuhl Platz nahm. Ihre Schwester wirkte ziemlich aufgekratzt. Vor ihr auf dem Tisch standen zwei Flaschen und zwei Gläser, ihre kurze abstinente Phase schien sie schon wieder hinter sich gelassen zu haben.

»Ich musste noch mal nach Kerstins Knie sehen. Sie hat sich da bei ihrem Sturz einen dicken Bluterguss geholt. Aber dank der Eisbeutel sieht es schon viel besser aus«, erklärte Burkhard, der am Nebentisch zwischen André und Ingeborg Platz genommen hatte.

»So so, Doktorspiele! Ihr schlimmen Kinder!«, rügte Anke mit erhobenem Zeigefinger und brach gleich darauf in lautes Lachen aus.

»Wollt ihr was trinken?«, fragte Jörg, »ich bin ganz zu euren Diensten.«

»Ein Wasser mit«, bestellte Kerstin bei ihrem Bruder. Lilo beugte sich zu ihr herüber.

»Deine Schwester hat genug, glaube ich. Vielleicht solltest du sie auch zu Mineralwasser überreden«, sagte sie leise, »dein Vater ist schon ganz beunruhigt.«

Die Besorgnis stand ihrem Vater, der ihr gegenübersaß, tatsächlich ins Gesicht geschrieben, sah Kerstin.

»Es tut mir leid, ich fürchte, das wird mir nicht gelingen«, gab Kerstin ebenfalls leise zurück, »meine kleine Schwester mag es gar nicht, wenn ich ihr Vorschriften mache.«

»Ach, seid ihr auf einmal intime Freundinnen, ihr zwei?«, nuschelte Anke, der das Geflüster nicht entgangen war, »das ging aber schnell!«

Da es nicht ratsam war, auf die spitze Bemerkung einzugehen, fragte Kerstin:

»Was trinkst du da eigentlich? Schmeckt's?«

Mit wichtiger Miene hob Anke beide Gläser hoch.

»Ich trinke nicht, ich mache ein Tasting.«

»Wie, du testest den Schnaps? Wie viel brauchst du denn davon, um zu wissen, welcher besser schmeckt?«

»Nicht testen, Bruderherz, sondern to taste, das ist Englisch. Ich veranstalte ein Tasting, das müsste dir als Gastronom eigentlich ein Begriff sein.«

»Klar, kenn ich das. Aber in welches Gefäß spuckst du den Alkohol, wenn du ihn gekostet hast?«

»Es kommt ja auch auf den Abgang an, wie der so die Kehle runterläuft. Außerdem wäre das doch schade um den guten Stoff, oder?«

Mit Kennermiene verglich Anke wieder und wieder die Etiketten der beiden Flaschen. Es handelte sich um Hochprozentiges aus einer regionalen Brennerei. Auch wenn Kerstin keine Ahnung von Spirituosen hatte, war ihr klar, dass es keinen Sinn machte, so Unterschiedliches wie einen Waldhimbeergeist mit einem Bärwurzschnaps zu vergleichen.

Anke war augenscheinlich in bester Stimmung. Sie beroch den Inhalt ihres Glases, hob es gegen das Licht und trank. Sie schluckte einen Schnaps nach dem anderen, und es war nur eine Frage der Zeit, bis ihr Zustand kippen und sie sich in eine aggressive Furie oder ein heulendes Elend verwandeln würde.

Als auch Jörg an ihrem Tisch Platz genommen hatte, meldete sich Lilo zu Wort.

»Wo ich jetzt mit euch allen beisammen sitze, wollte ich noch was sagen«, ihre Stimme hörte sich ein wenig brüchig an, »leider waren mir keine eigenen Kinder vergönnt, umso mehr freue ich mich über die Aufnahme in eure Familie. Also, Kerstin, Anke und Jörg, ich hoffe, wir werden uns oft sehen.«

Kerstins Vater nickte und drückte gerührt die Hand seiner Partnerin.

»Das hast du schön gesagt, Lilo! Prost, auf dich!«

Übermütig hob Anke ihre beiden Schnapsgläser, auch

einige andere schlossen sich an. Es dauerte gar nicht lange, da hatte Anke ihr Hochgefühl scheinbar verlassen. Sie sprang plötzlich auf.

»Helmut, weißt du eigentlich, wo die Kinder sind?«

Ihr Mann sah sich um.

»Hier jedenfalls nicht.«

»Typisch! Von allein kümmerst du dich um gar nichts. Muss man dir wirklich jede Kleinigkeit sagen?«

»Was ist denn los? Bestimmt spielen die irgendwo.«

»Ach, sei doch ruhig! Ich muss ja sowieso immer alles alleine machen!«, fuhr ihm seine Frau über den Mund und sah ihn böse an, »vielleicht sollten die auch langsam mal ins Bett?«

Mit großen Schritten stürmte sie aus der Tür. Helmut griff mit einem Seufzer nach seinem Weinglas.

KAPITEL XII

Ein paar Minuten später erschien Anke wieder in der Bar.

»Ich hab die Mädchen nicht gefunden.«

Von ihrem forschen Auftreten war nichts mehr zu spüren, sie strahlte weinerliche Verzweiflung aus.

»Wo können sie nur sein? In diesem unheimlichen Bau kann einem ja wer weiß was zustoßen. Vielleicht sind sie irgendwo eingeschlossen so wie Kerstin oder unter Schneemassen begraben …«

»Ach Quatsch, komm wir gehen zusammen schauen.«

Helmut stand auf und schob Anke vor sich her, die fortwährend zeterte:

»Meine armen kleinen Mäuse! Charlotte, Emily, wo seid ihr?«

Bis auf die alten Herrschaften schlossen sich alle anderen an, um nach den Mädchen zu suchen, auch Kerstin griff sich ihre Strickjacke. Sie konnte die Suche nach ihren Nichten ja auch mit einer Zigarettenpause verbinden. Während die anderen im Gebäude ausschwärmten, bewegte sich Kerstin langsam zum Hinterausgang. Draußen blieb sie nach einem argwöhnischen Blick zum Dach wohlweislich dicht an der Wand stehen. Sie steckte ihre Zigarette an und inhalierte genüsslich den ersten Zug. Es war absolut still, nichts regte sich, auch der Wind war eingeschlafen. Nur der prächtige Schneemann leistete ihr Gesellschaft. Wo von drinnen der Lichtschein herausfiel, lag ein eisiger Glanz auf dem Weiß. Langsam spürte sie die klirrende Kälte ihre Beine hoch kriechen. Es war wirklich um einiges frostiger geworden.

Suchend ließ Kerstin den Blick über den angrenzenden Hügel schweifen, wo am Waldrand die Baude mit dem heruntergezogenen Spitzdach stand. Sie glaubte eigentlich nicht, dass die Kinder sich so weit entfernt hatten. Aber hatte sie dort eben etwa ein Licht gesehen? Konzentriert fixierten ihre Augen die Stelle. Tatsächlich, ein ganzes Stück unterhalb der Hütte leuchtete kurz ein Licht auf, dann erlosch es wieder. Sie merkte, wie sie leise Nervosität erfasste, musste an Burkhards Entdeckung denken. Wer oder was war da oben?

Obwohl die Zigarette nicht ganz aufgeraucht war, schnippte sie die Kippe in den Hof und machte sich drinnen auf die Suche nach Burkhard.

»Hast du die Mädels draußen irgendwo gesehen?«

Ihre Schwester im Schlepptau, die in einem fort vor sich hin jammerte, kam ihr Helmut entgegen.

»Nein, tut mir leid. Auf dem Hof ist niemand«, gab Kerstin ihrem Schwager Auskunft.

»Mann, kannst du nicht mal mit dem Gejaule aufhören?«, schimpfte Helmut und zerrte Anke in Richtung Lobby.

Als sie Burkhard die Treppe herunterkommen sah, winkte ihn Kerstin zu sich herüber.

»Ich hab eben da oben, in der Nähe der Baude vorm Wald was bemerkt«, teilte sie ihm leise mit, da Jörg und Pamela gerade um die Ecke bogen.

»Ach, was hast du denn gesehen?«

»Irgendein Licht.«

»Okay. Ich geh mal schauen.«

»Ich komm mit.«

Sie folgte Burkhard auf den Hof nach draußen.

»Ich seh da aber kein Licht«, stellte er fest, nachdem er eine Weile in Richtung Waldrand geäugt hatte.

»Das leuchtet immer mal auf und verlöscht dann wieder«, schilderte Kerstin ihre Beobachtung.

»Dann gehen wir zuerst im Geräteschuppen nachsehen.«

Sich eng an der Hauswand haltend, wo es einigermaßen schneefrei war, bewegten sie sich um die Ecke des Gebäudes zu dem Verschlag. Burkhard öffnete die Tür und ließ den Lichtstrahl seines Handys durch den vollgestopften Raum gleiten. Neben einem riesigen, ziemlich heruntergekommenen Grill und einigen bunten Sonnenschirmen standen zwei Schneeschieber und ein Straßenbesen mit kräftigen roten Borsten. An der hinteren Bretterwand lehnten mehrere Paar Skier, daneben die Schneeschuhe. Auch ein paar Schlitten standen herum.

»Ah ja.«

»Was ah ja?«, murmelte Kerstin.

»Ein Paar von den Schneeschuhen ist weg. Was kann das heißen?«

»Dass sich vielleicht dein Yeti die Dinger geholt hat?«,

stichelte Kerstin, obwohl sie die Erkenntnis gar nicht so lustig fand.

»Komm, wir schauen mal vorne, wo die Autos parken, ob sich die Spuren seit vorhin verändert haben. Von hier ist augenscheinlich niemand gestartet.«

Die beiden umrundeten das Haus und folgten dem frei geschaufelten Weg zum Parkplatz. Im Licht von Burkhards Handy begutachteten sie die Abdrücke, die von dort weg in Richtung Waldrand führten.

»Tja, schwierig. Aber ich glaub schon, dass die Abdrücke sich irgendwie vertieft haben«, er leuchtete ein Stückchen rechts und links des Schneeschuhpfads.

»Ach, guck mal an! Da muss jemand mit normalen Schuhen versucht haben, diese Loipe zu benutzen. Und ich glaube, mit einem Schlitten.«

Burkhard verfolgte die Vertiefungen.

»Das ist ja wirklich ziemlich dumm und macht bestimmt überhaupt kein Vergnügen, wenn du bei jedem Schritt bis über die Knie im Schnee stehst. Ich kann mir aber schon denken, wer das war.«

Er sah Kerstin an, die das alles sehr rätselhaft und beunruhigend fand. Erst recht, als Burkhard fortfuhr:

»Deinen Nichten war wohl irgendwie nach Abenteuer zumute.«

»Was? Glaubst du wirklich, die sind irgendwo da draußen im Schnee? Bei dem Frost? Oh Gott, das überleben die doch nicht lange!«

Kerstin wurde ganz mulmig bei der Vorstellung. Burkhard stapfte ein ganzes Stück in dem gespurten Pfad weiter, den Blick aufmerksam nach unten gerichtet, jedes Mal bis fast zu den Knien im Schnee einsinkend.

»Nee, ich glaub, du brauchst dir keine Sorgen zu machen. Die haben nach kurzer Strecke aufgegeben. Bloß, wo stecken die jetzt?«

Er sah sich um.

»Warte hier bitte kurz. Ich schau noch mal in dem Schuppen.«

Kerstin spürte die Eiseskälte immer heftiger durch ihre Kleidung beißen. Zitternd schlug sie mit den Händen auf ihre Oberarme und war froh, als Burkhard wieder auftauchte.

»Also an dem einen Schlitten hängt Schnee, ich glaube, der ist vor Kurzem benutzt worden. Nur, wo sind die beiden Mädels abgeblieben?«

Ratlos schaute Kerstin den Hang hinauf, als ihr plötzlich fast das Herz stehen blieb.

»Oh Gott, Burkhard!«, flüsterte sie tonlos, »dreh dich mal um, aber ganz langsam. Da hinten kommt einer!«

In dem Augenblick verlosch das Licht, das Kerstin soeben entdeckt hatte und das inzwischen nicht mehr weit von ihnen entfernt war.

»Ich seh da nichts.«

»Doch, ich schwöre, da war eben wieder dieses Licht!«

Sie starrten beide in die Dunkelheit. Das Licht zeigte sich nicht noch einmal.

»Kerstin? Siehst du, was ich sehe?«, fragte Burkhard auf einmal verhalten.

»Nein ... doch, doch! Jetzt seh ich ihn! Er kommt direkt auf uns zu. Sollten wir uns lieber irgendwo verstecken?«

Kerstins Stimme war nur noch ein Wispern. Burkhard ließ die Person nicht aus den Augen und fasste Kerstins Hand.

»Los, wir stellen uns einfach an die Hauswand. Vor dem dunklen Schiefer sind wir nicht so schnell zu sehen.«

Der Ankömmling schien sie tatsächlich nicht zu bemerken. Als er den Parkplatz erreichte, beugte er sich nach unten, um die Bindungen der Schneeschuhe zu öffnen. Bevor Kerstin ihn zurückhalten konnte, sprang Burkhard aus dem Schatten der Hauswand hervor und warf sich auf die Person.

»Wer bist du? Was treibst du dich hier draußen rum?«, hörte Kerstin ihn rufen. Dann sah sie beide zu Boden gehen. Sie rangelten miteinander, bis Burkhard dem Mann die Kapuze vom Kopf riss.

»Das darf ja wohl nicht wahr sein!«

Burkhard ließ von seinem Gegner ab und kam auf die Füße. Er half dem anderen hoch. Dann erkannte ihn auch Kerstin.

»Sag mal, was machst du denn hier?«

Lukas schüttelte sich und rieb sich einen Arm.

»Aua. Burki, was hast du denn? Ihr habt von diesen Schneeschuhen erzählt, da wollte ich die halt mal ausprobieren.«

»Mitten in der Nacht?«

»Na ja, mir war total langweilig da drin«, meinte Lukas schulterzuckend, »aber warum regt ihr euch darüber denn so auf? Was ist denn los?«

»Jetzt sag erst mal, wo deine Cousinen sind!«

»Keine Ahnung. Die wollten unbedingt mitkommen, obwohl ich denen gleich gesagt hab, das schaffen sie nicht in dem tiefen Schnee, auch nicht mit dem Schlitten. Ich dachte, die wären nach ein paar Metern umgekehrt. Sind die noch nicht wieder hier?«

Burkhard schüttelte den Kopf.

»So, wir bringen die Schneeschuhe zurück in den Schuppen und suchen dann die Mädels.«

»Übrigens, da oben hatte ich ein Netz. Also, wenn ihr eure Handys benutzen wollt«, grinste Lukas.

»Danke für den Tipp, jetzt nicht«, lehnte Kerstin ab, »ist mir, glaube ich, ein bisschen zu umständlich. Warst du bis oben bei der Hütte?«

»Nö, das war mir zu anstrengend, den ganzen Hang hochzustiefeln.«

»Sag mal, hattest du dir die Schneeschuhe heute eigentlich schon mal ausgeliehen?«, fragte Burkhard.

»Hatt ich nicht. Aber die Spur, der ich gefolgt bin, ging noch weiter nach oben. Seid ihr deshalb so auf Alarm?«

»Quatsch, wir sind nicht auf Alarm«, beschwichtigte Kerstin ihren Sohn, »wer weiß, wie alt die Spuren schon sind. So, ich muss sofort wieder rein, sonst bin ich ein Eisblock.«

Schlotternd vor Kälte lief Kerstin in Richtung Haupteingang.

»Wir kommen auch gleich«, rief Burkhard ihr nach.
Drinnen traf Kerstin auf Pamela.

»Was hast du denn in der Kälte gemacht? Du siehst ganz schön verfroren aus!«, stellte die sofort fest.

»Ich war draußen rauchen und hab nach den Mädels gesucht. Sind die denn inzwischen aufgetaucht?«

»Da hast du gar nicht so falsch gelegen – deine Nichten waren tatsächlich draußen, wollten mit dem Schlitten los! Als sie völlig ausgekühlt und mit nassen Klamotten zurückgekommen sind, haben sie sich heimlich in ihr Zimmer geschlichen und sich umgezogen. Deine Schwester hat's natürlich trotzdem gemerkt und ist ausgerastet.«

»Und wo seid ihr jetzt alle?«

»Also ich war eben mit Jörg in der Bar, auch euer Vater und die beiden alten Damen, aber ich denke, die wollen sich wohl bald zurückziehen. Ist ja auch fast schon elf.«

»Stimmt. Ich brauch erst mal was Heißes zum Trinken.«

»Soll ich dir einen Tee machen?«

Bevor Kerstin antworten konnte, schlang André von hinten die Arme um seine Frau.

»Mensch, Schneckchen, warst du etwa draußen? Du fühlst dich ja an wie ein Eisblock!«

»Nicht so schlimm.«

Kerstin machte sich von ihm los.

»Ich hab nur draußen nach Emily und Charlotte gesucht.«

»Und geraucht hast du auch wieder, das riech ich doch.«

Er drohte ihr neckisch mit dem Finger.

»Deine Nichten sind ja zum Glück inzwischen wieder aufgetaucht! Deine Schwester war ganz schön böse.«

»Oh, ein Empfangskomitee?«, fragte Burkhard, der mit Lukas in die Lobby kam, als er Kerstin mit Pamela und André erblickte.

»Was hast du denn gemacht?«

André musterte Lukas verdutzt, an dessen Klamotten jede Menge Schneeklümpchen hingen, die langsam zu schmelzen begannen.

»Wieso? Ich hab draußen nach meinen Cousinen gesucht.«

»Aber mit vollem Einsatz, wie es aussieht! Und du wohl auch?«

Er zeigte auf Burkhard.

»Na und?«, machte Lukas unmutig.

»Emily und Charlotte sind übrigens wieder da«, ließ Kerstin die beiden wissen.

»Na, das ist ja eine gute Nachricht! Wir gehen uns nur kurz umziehen«, Burkhard legte den Arm um seinen Sohn, »komm, Lukas.«

»Und du kriegst jetzt erst mal einen schönen, heißen Tee zum Aufwärmen, Süße.«

Pamela hakte Kerstin unter, sie ließen André allein zurück und gingen in die Bar, wo sich Pamela hinter dem Tresen zu schaffen machte.

»Bitte, dein Gewürztee.«

»Danke, Pamela, ganz wunderbar! Wie der schon duftet!«

»Den hab ich von zu Hause mitgebracht. Ich liebe den, hab mir auch einen gemacht. Diese leichte Schärfe wärmt so schön von innen.«

»Ups, was ist denn da los?«

Mit schief gelegtem Kopf lauschte Kerstin in Richtung Lobby. Pamela ging zur Tür und spähte kurz nach draußen.

»Nichts Besonderes. Deine Schwester diskutiert nur mit ihrem Mann.«

»Worum geht's?«

»Sie will die Kinder zur Strafe für ihren Ausflug sofort ins Bett schicken, aber er hat ihnen eine heiße Schokolade gemacht«, Pamela verzog das Gesicht, »zu viel Alkohol bringt sie wirklich jedes Mal unheimlich schlecht drauf.«

»Was für ein Glück, dass ich zumindest das Problem gar nicht haben kann. Wollen wir uns mit zu Papa und den Damen an den Tisch setzen?«

»Gerne.«

Am Nebentisch hatten inzwischen Burkhard und Lukas Platz genommen. Helmut kam mit den beiden Mädchen dazu. Er trug ein Tablett mit Tassen und einer großen Kanne.

»So, wer möchte denn eine schöne heiße Schokolade? Für die Großen auf Wunsch auch mit Schuss.«

Ihre Nichten wirkten ziemlich verlegen, fand Kerstin. Wahrscheinlich war ihnen ihr dummes, nicht ungefährliches Schneeabenteuer peinlich und sicher auch das Benehmen ihrer Mutter. Helmut kümmerte sich ganz lieb um die beiden. Anke ließ sich nicht blicken, und Kerstin hoffte, dass sie nicht irgendwo allein weitertrank.

Ihr Papa sah ziemlich müde aus, auch Lilo wirkte nicht mehr sehr frisch. Träge floss das Gespräch dahin.

»Sagen Sie, Pamela, was ich Sie schon immer mal fragen wollte: Woher stammen Sie eigentlich?«

Die Angesprochene legte ihrer Nachbarin die Hand auf den Arm.

»Also erst mal, Ingeborg, wir waren doch schon längst beim Du. Okay?«

Andrés Mutter lächelte unsicher und nickte folgsam.

»Ich komm aus Bochum, Ingeborg, aus Wattenscheid, um genau zu sein. Ruhrpott. Da bin ich geboren. Mein Papa hat noch im Bergwerk malocht, von ihm hab ich auch meinen klangvollen Nachnamen: Schmitt. Wir waren eine echte Proletarierfamilie. Meine Mutter ist Putzen gegangen, weil das Geld sonst nicht für meine kleine Schwester und mich gereicht hätte.«

»Ah ja …«

»Aber wahrscheinlich wolltest du was anderes wissen«, meinte Pamela mit einem Zwinkern, »warum ich so eine dunkle Hautfarbe habe, oder?«

»Na ja, ich …«

Sichtlich unangenehm berührt knetete Ingeborg ihre Hände.

»Da bist du nicht die Einzige. Die Leute denken automatisch, dass ich keine Deutsche bin, sondern irgendwo aus Afrika oder Südamerika komme. Tut mir leid – ich bin genauso deutsch wie ihr alle. Aber zum Glück bin ich nicht so eine blasse Kartoffel!«

Pamela ließ ein übermütiges Lachen hören.
»Ich hab halt einen Vorteil: Meine Mutter stammt aus Ghana. Und wo hast du deine Wurzeln, Ingeborg?«
»Also, ich bin hier im Thüringer Wald geboren.«
»Ach, dann musst du dich ja in der Gegend gut auskennen.«
»Ein bisschen kenn ich mich schon aus, ja. Aber ich hab nur meine ersten Jahre hier verbracht. Als ich in die Schule kam, sind wir nach Leipzig gezogen. Und da wohne ich bis heute.«
»Und hast du noch Verwandte hier?«
Ingeborg schüttelte den Kopf.
»Es gab nur einen Onkel mit seiner Frau, aber die sind mittlerweile verstorben. Kinder hatten sie nicht. Ich hab aber oft im Thüringer Wald Urlaub gemacht. Ich bin immer wieder gern hier. Ist halt doch meine Heimat.«
»Das kenn ich, dieses Heimatgefühl. Allein, wenn ich im Pott die Sprache höre – hömma, da geht mir dat Herz auf!«
Kerstin bewunderte Pamelas Fähigkeit, nicht nur mit allen ins Gespräch zu kommen, sondern ihnen nach kurzer Zeit auch persönliche Dinge zu entlocken. So ein vertrauliches Gespräch hatte sie selbst mit ihrer Schwiegermutter noch nie geführt.
»Kerstin, vielleicht solltest du besser mal mitkommen«, forderte André sie leise auf, der auf einmal hinter ihr stand, und als Kerstin ihn verwundert anschaute, fügte er an: »Es ist wegen deiner Schwester.«
Widerwillig schob Kerstin ihren Stuhl zurück und

erhob sich, während André von seiner Mutter herangewinkt wurde.

»Moment, Schatz, ich bin gleich bei dir«, rief André ihr nach, als Kerstin die Bar verließ. Oh nee, Anke konnte wirklich nerven.

KAPITEL XIII

Kerstin sah sich um. In der Lobby war ihre Schwester nicht zu sehen.

»Was ist mit Anke? Wo ist sie denn?«, fragte sie ungeduldig ihren Mann, als der endlich auftauchte. Der machte ein betretenes Gesicht.

»Also … ich hab gesehen … also, wie sie …«

»Ach Mann, André, jetzt sei nicht so verdruckst. Sag schon!«

Er deutete in den Gang, der in Richtung Küche führte und von dem ein paar Türen abgingen.

»Ich hab gesehen, wie sie in Richtung der Tür zum Weinkeller gegangen ist. Da unten gibt's auch jede Menge Schnäpse und so. Aber du weißt ja, wie schwer es ist, ihr etwas auszureden, vor allem, wenn sie schon was intus hat.«

»Und du denkst, ausgerechnet ich kann sie da wieder raufholen? Ich fürchte, da täuschst du dich. Warum hast du nicht Helmut Bescheid gesagt?«

»Die Kinder sitzen grad bei ihm, da wollte ich nicht …«

»Los komm, dann versuchen wir es halt mal.«

Ziemlich lustlos bewegte sich Kerstin in Richtung des Gangs zur Küche.

»Welche ist noch mal die Tür zum Weinkeller?«

Sie drehte sich nach André um. Ingeborg war ihnen gefolgt und forderte für irgendetwas seine Aufmerksamkeit.

»Die zweite links. Ich komm gleich nach!«, rief er Kerstin zu.

Ein leicht gäriger Geruch stieg ihr in die Nase, als sie die Tür öffnete. Mit einem Bein hinderte sie das schwere Ding, ihr in den Rücken zu fallen, und suchte nach dem Lichtschalter. Was für ein heruntergekommenes Gemäuer, dachte sie sofort, denn das Licht sprang nicht an. Entweder war auch hier die Lampe oder der Schalter kaputt oder die Sicherung durchgeknallt, was auch immer. Kerstin wollte wirklich nicht wissen, welche versteckten Mängel man bei genauem Hinsehen noch entdecken würde! Nie und nimmer würde sie auch nur das Geringste in diese Bruchbude investieren. Und aus reiner Menschenfreundlichkeit würde sie auch André davor warnen, die Abfindung, die sie ihm nach der Scheidung zu zahlen bereit war, in diese Geldvernichtungsmaschine zu stecken.

Von unten fiel ein nur schwacher Lichtschein die steile, ausgetretene Holztreppe herauf. Kerstin lauschte. Kein Geräusch zu vernehmen. Sollte sie einfach nach Anke rufen? Lieber nicht, vielleicht brachte der Überraschungseffekt, wenn sie plötzlich vor ihr stand, einen größeren Erfolg und sie könnte in Ruhe und vernünftig mit ihr reden. Also ließ Kerstin die Tür hinter sich zufallen, fasste im Dustern nach dem wackeligen Geländer und setzte vorsichtig einen Schritt nach dem anderen, Stufe nach Stufe.

Auf der fünften passierte es. Ihr rechter Fuß stieß gegen ein Hindernis, Kerstin schrak zusammen, strauchelte, und mit einem Poltern fiel das Teil die Treppe hinab, bis es mit einem lauten Klirren auf dem Kellerboden aufschlug. Um nicht denselben Weg zu gehen, da sie ihr Gleichgewicht noch nicht wiedergefunden hatte, umklammerte Kerstin derweil krampfhaft den Handlauf. Plötzlich gab der nach und riss halb aus der Wand, was ihren Arm sich schmerzhaft verdrehen ließ. Kerstin hielt trotzdem fest, bis sie halbwegs sicher auf einer Stufe zu sitzen kam. So ein Mist – und das alles wegen ihrer dämlichen Schwester. Sie war so was von geladen!

»Hey Anke, hast du das eben nicht gehört? Bist du jetzt auch noch taub, oder was? Komm sofort von da unten rauf!«, schrie Kerstin wütend.

Ihr antwortete nur Stille. Fluchend rieb sie sich ihren schmerzenden Arm. Der Geruch nach dem Wein, der sich offensichtlich in dem abgestürzten Karton befunden hatte und sich nun bis oben ausbreitete, erzeugte Übelkeit in ihr.

»Anke!«, brüllte Kerstin noch einmal, ohne irgendeine Reaktion aus der Tiefe zu erhalten.

Dafür öffnete sich über ihr die Tür.

»Was ist denn los? Warum schreist du so?«

Im Licht, das von oben hereinfiel, zeichnete sich Ankes Silhouette im Türrahmen ab.

»Was machst du da?«, fragte sie befremdet.

Kerstin schnaubte.

»Ich hab dich gesucht!«

»Mich? Im Keller?«

»Im Weinkeller!«

»Was soll ich denn in diesem Weinkeller?«

»Wenn du es genau wissen willst, dachte ich, du gibst dir da unten weiter die Kante!«

Anke warf ihr einen empörten Blick zu.

»Hör mal, ich weiß, wann ich genug habe.«

»Na ja, das hab ich aber schon anders erlebt«, höhnte Kerstin.

»Auch wenn du dir das nicht vorstellen kannst, ich war eben in der Küche, hab Wasser getrunken und mir noch einen Kaffee gemacht«, stellte Anke in beleidigtem Ton klar. Sie schien ihre eigenen Methoden zu haben, die Auswirkung ihrer sich wiederholenden Alkoholeskapaden zu bekämpfen. Sie hatte darin ja auch Übung, ging es Kerstin durch den Kopf. Tatsächlich wirkte ihre Schwester schon wieder ziemlich klar.

»Warst du denn vorhin da unten?«

»Glaube, was du willst, aber ich war überhaupt nie in diesem Keller«, bekräftigte Anke, »und jetzt komm mal von dieser kreuzgefährlichen Treppe weg! Warum hast du eigentlich kein Licht gemacht?«

»Weil das kaputt ist«, knurrte Kerstin, »so wie manches andere in diesem hochklassigen Wellnesshotel.«

»Ja, tut mir leid, im Internet sah das alles ausgesprochen gut aus«, setzte Anke sogleich zu ihrer Verteidigung an.

»Schon okay, das konnte man ja wirklich nicht ahnen, dass die hier auf dem letzten Loch pfeifen und sogar den Laden dichtmachen mussten.«

Kerstin stand vorsichtig auf und griff mit der Linken

nach der Hand, die Anke ihr entgegenstreckte. Bis auf ihren rechten Arm, der immer noch ganz schön wehtat, war ihr sonst nichts passiert.

»Danke. Hast du meinen Mann irgendwo gesehen?«

»Ich glaube, der ist nach oben gegangen«, meinte Anke, »sonst alles okay mit dir? Ich muss jetzt mal nach meiner Familie sehen.«

»Ja, geh nur. Mit mir ist alles in bester Ordnung.«

Kerstin setzte sich auf das gemütliche Ledersofa, das in der Lobby vor einem der großen Fenster stand. Der Schrecken über ihren Sturz saß ihr immer noch in den Knochen. Sie hatte wirklich unglaubliches Glück gehabt. Die Kellertreppe war sehr hoch und sehr steil – sie hätte tot sein können, mit gebrochenen Knochen, so wie es den Karton mit den Flaschen voller Wein erwischt hatte. Wenn sie den zu fassen kriegte, der diese verdammte Kiste auf die Treppe gestellt hatte!

Vor dem Fenster lag friedlich die verschneite Zufahrt. Das Licht drang nur ein paar Meter weit nach draußen. Dahinter Dunkelheit und das undurchdringliche Bollwerk der hohen Tannen. Das war das merkwürdigste Weihnachtsfest, das sie je erlebt hatte. Und noch nie waren an einem Tag so viele Missgeschicke über sie hereingebrochen. Je länger sie darüber nachdachte, desto weniger konnte Kerstin glauben, dass alles nur ihrem persönlichen Pech zu verdanken war. Gut, der Sturz in die Kühlzelle und die Dachlawine gingen ja noch als normale Pannen durch, aber ihr Erlebnis in der Sauna war schon sehr sonderbar gewesen. Und nun der Zwischenfall auf der Kellertreppe. Während sie darüber sinnierte, wer oder was hinter diesen Vorkommnissen stecken könnte, und in die frostkalte Nacht starrte, erschien das Spiegelbild ihres Mannes in der Scheibe. Na, der kam ihr gerade recht!

»Sag mal, wo warst du so lange? Erst machst du so einen Alarm wegen Anke und dann kommst du nicht!«

»Entschuldige Schneckchen …«

»Und sag nicht noch einmal Schneckchen zu mir. Ich weiß wirklich nicht, was ich dann tu!«, presste Kerstin zwischen den Zähnen hervor, »was hast du so lange gemacht?«

»Mutti hatte ihre Herztabletten vergessen, und da bin ich schnell hoch und hab die geholt«, antwortete André, verdutzt angesichts der harschen Reaktion seiner Frau.

»Und du hast Anke also vorhin in den Weinkeller hinabsteigen sehen, ja?«

André ließ sich neben Kerstin auf dem Sofa nieder und legte seinen Arm um ihre Schultern, was Kerstin sofort von ihm abrücken ließ, sodass er den Arm mit Erstaunen zurückzog.

»Was ist denn los, mein …«

Er stockte, als er Kerstins vernichtenden Blick sah.

»Kerstin, was hast du?«

»Ich weiß ja nicht, wen oder was du vorhin gesehen hast, André – meine Schwester jedenfalls hat diesen ominösen Weinkeller nicht betreten!«

»Das tut mir leid, ich dachte …«

»Da hast du falsch gedacht. Ich hätte mir in diesem maroden Schuppen fast die Gräten gebrochen, als ich in den Keller steigen wollte. Und für nix, denn Anke war nie da unten!«

»Was ist denn passiert?«

»Wie in diesem Laden üblich, funktionierte das Licht wieder nicht und leider stand da im Dunklen ein Karton mit Weinflaschen im Weg.«

»Oh nein, du Arme! Hast du dich verletzt?«

»Nicht der Rede wert. Aber weißt du was?«, bei diesen Worten fixierte Kerstin ihren Mann mit zusammengekniffenen Augen, »du hast vorhin gesagt, alles nur Zufall. Doch ich glaube nicht mehr an Zufälle, bei all dem Mist, der mir heute zugestoßen ist.«

»Aber ...«

André wirkte ratlos. Er schien nach einer passenden Antwort zu suchen.

»Aber wer ... wer soll denn hinter all dem stecken? Schließlich ist doch nur die Familie hier zusammen. Frag erst mal deinen Bruder, ob der vielleicht die Weinkiste auf der Treppe hat stehen lassen.«

Kerstin überlegte, ob sie André von den Spuren im Schnee erzählen sollte. Warum eigentlich nicht? Sie musste ja nicht jede Einzelheit erwähnen.

»Vielleicht treibt sich hier ja irgendjemand Fremdes herum.«

»Was? Wie kommst du denn darauf?«

»Es gibt so ein paar merkwürdige Spuren draußen im Schnee.«

»Was für Spuren? Woher weißt du das?«

»Burkhard hat die gesehen und ich auch.«

»Also wirklich«, André lachte leise, »das klingt ja sehr

abenteuerlich! Und dieser Jemand hat es ausgerechnet auf dich abgesehen? Findest du das logisch?«

Sie zuckte mit den Schultern.

»Komm, lass uns wieder zu den anderen gehen, damit du nicht mehr über irgendwelche finsteren Gestalten aus dem Wald rätseln musst.«

Er stand auf und reichte ihr eine Hand.

»Übrigens find ich's wirklich sehr schade, dass du dich nicht für die Übernahme dieses Hotels begeistern kannst. Man kann hier bestimmt ein Juwel draus machen!«, sagte er mit einem traurigen Lächeln.

»Sorry, für dieses Thema bin ich mit Sicherheit die falsche Ansprechpartnerin, André, und das ist garantiert der falsche Moment. Ständig entdecke ich neue Mängel in diesem Schuppen. Wäre zum Beispiel die Elektrik an der Kellertreppe nicht so komplett marode, wär ich auch nicht über diese doofe Weinkiste gestolpert.«

»Stimmt natürlich«, murmelte er kleinlaut.

»Geh du schon mal rein«, beschied ihn Kerstin, »ich komm gleich nach, wollte eh noch zur Toilette.«

»Na sag mal, was hast du denn schon wieder für einen Mist gebaut?«

Kopfschüttelnd stand Burkhard in der Lobby, als Kerstin aus dem Waschraum trat.

»Wieso?«

»Die Kellertreppe«, sagte er, »Anke hat erzählt, dass du da runterwolltest und fast über eine Kiste gefallen wärst. Du mit deinem ohnehin lädierten Knie! Echt, Kerstin!«

»Ja, war doof. Aber ich dachte, ich muss meine Schwester vor einer schweren Alkoholvergiftung bewahren. Ist ja noch mal gut gegangen.«

»Komisch ist: Niemand will die Weinkiste auf die Treppe gestellt haben.«

Ohne sich darüber abgesprochen zu haben, schlenderten sie zu dem Sofa am Fenster, auf dem Kerstin gerade gesessen hatte.

»Sag mal, hast du eigentlich Feinde?«

»Hä?«

Kerstin ließ sich ins weiche Sofaleder plumpsen.

»Burkhard, was ist das denn für eine Frage?«

Er schwieg einen Moment.

»Na ja. Ich hab drüber nachgedacht, was heute alles so passiert ist. Und eigentlich hat es ja immer dich getroffen.«

Da hatte Burkhard natürlich recht. Nur ihr war dieser ganze Mist passiert.

»Feinde! Was für ein Wort! Sicher gibt es Leute, die mich nicht besonders mögen, so wie ich auch manche nicht mag.«

Kerstin überlegte.

»In erster Linie sind das so berufliche Geschichten, gekündigte Mitarbeiter, Mitbewerber, denen wir Aufträge weggeschnappt haben – aber deshalb gleich Feinde? Na ja, und privat – meine Schwiegermutter zum Beispiel hätte ich mir freiwillig nicht ausgesucht. Aber das jemand hinter mir her ist und mir körperlichen Schaden zufügen will, nee, das kann ich mir wirklich nicht vorstellen.«

»Und was ist mit deinem Mann?«

»Was?«

Unwillkürlich musste Kerstin lachen.

»Wie kommst du denn darauf?«

»Weiß nicht. Man sollte halt einfach nichts ausschließen.«

Kerstin kämpfte mit sich. Sollte sie Burkhard eingestehen, wie es um ihre Ehe bestellt war? Sollte sie sich zur größten Dummheit ihres Lebens vor ihm bekennen? Es war mehr als nur peinlich, sie hatte sich benommen wie ein unreifer, verknallter Teenager und dafür eine langjährige Partnerschaft, in der sie sich wohlfühlte, die eigentlich ziemlich gut funktionierte, einfach so sausen lassen. Viel zu spät hatte sie erkannt, wie einzigartig, ja, wie wertvoll ihrer beider Beziehung war.

Auf jeden Fall sollte sie Burkhard zumindest so weit einweihen, dass er verstand. Er sollte verstehen, dass es umgekehrt war: Wenn hier einer jemanden loswerden wollte, dann sie ihren Mann, und zwar schnellstens – wenn auch auf legale Art und Weise.

»Und hast du das André schon gesagt?«, fragte Burkhard, als Kerstin ihm von ihren Scheidungsabsichten erzählt hatte.

»Ich wollte es während unseres Aufenthalts hier tun, aber bisher hab ich noch nicht die Gelegenheit gefunden.«

Burkhard nickte gedankenverloren.

»Behalt's mal noch eine Weile für dich«, schlug er dann vor. Als Kerstin erstaunt die Brauen hob, fuhr er fort:

»Ist nur so ein Gefühl. Ich würde es ihm jetzt noch nicht sagen.«

»Okay, es ist auch nicht unbedingt ein Gespräch, auf das ich mich freue.«

»Hast du eigentlich ein Testament gemacht?«

»Also Burkhard, sag mal, was ist denn das nun wieder für eine Frage?«

»Das sind nur Gedankenspiele. Ich versuche einfach, alle Möglichkeiten durchzuspielen.«

»Es gibt kein Testament.«

»Ah ja«, sagte Burkhard abwesend. Gleich darauf schlich sich aber doch wieder dieses spöttische Lächeln in seine Züge.

»Sehr lange hat das junge Glück dann ja nicht gehalten.«

»Ach ja, Burkhard, ich weiß, ich habe einen großen Fehler gemacht. Aber du brauchst dich nicht auch noch darüber lustig machen.«

Er tätschelte ihr versöhnlich die Hand.

»Aye aye, Madam, soll nicht wieder vorkommen.«

»Also, ich gebe ja zu, dass ich auch schon gezweifelt habe, ob meine ganzen Missgeschicke wirklich nur Zufall waren. Aber ich kann mir einfach nicht vorstellen, dass jemand aus unserer Runde dahintersteckt«, sinnierte Kerstin, »und wenn das niemand von uns hier drinnen ist, dann ist an den Spuren, die du draußen entdeckt hast, vielleicht doch was dran.«

»Ich habe ohnehin vor, der Sache nachzugehen. Ich bin mir ziemlich sicher, in der Baude da oben ist jemand. Vorhin hab ich Lukas davon erzählt, und der ist ganz scharf drauf, Detektiv zu spielen.«

Da Kerstin wusste, dass es keinen Sinn hatte, Burkhard etwas auszureden, sagte sie nur:

»Seid bitte vorsichtig, wenn ihr den Yeti besucht!«

»Klaro. Aber mal was anderes. Helmut hat doch vorhin von den Lebensmittelvorräten erzählt. Ich hab mir das selbst mal angeschaut. Und irgendwie finde ich auch das komisch.«

»Wieso?«

»Na ja, zum Beispiel dieses Essen aus dem Tiefkühler heute Abend – hast du mitbekommen, dass das fast perfekt aufging, was die Anzahl der Portionen anbetraf?«

»Ja und? Das war halt Zufall.«

»Ich weiß nicht. Zwei tiefgefrorene Gänse gibt es im Vorrat, frischen Rotkohl, Klöße …«

»Was man halt so um die Weihnachtszeit in einem Restaurant den Gästen serviert. Ich finde es nicht ungewöhnlich, das vorrätig zu haben.«

»Aber auch die Brötchen, und was so an Frühstückssachen vorhanden ist. Das sieht alles so abgezirkelt aus, als ob man eine Gesellschaft in unserer Zahl erwartet hätte.«

»Burkhard, jetzt hebst du aber irgendwie ein bisschen ab, oder? Hast du zu viele Horrorthriller gesehen in letzter Zeit? Erst werden wir in die Einöde gelockt, gemästet, und wenn wir uns ganz sicher fühlen, fallen die Zombies über uns her?«

Doch auch Kerstins lautes Lachen konnte Burkhard nicht von seinen Spekulationen abbringen.

»Außerdem«, setzte sie nach kurzem Nachdenken hinzu, »woher sollten ›die‹ denn wissen, dass ausgerechnet heute der Schnee die Straße unpassierbar macht und wir eingeschlossen sein werden?«

»Na ja, da hast du schon recht«, gab Burkhard zu, »trotzdem finde ich das irgendwie merkwürdig.«

Er konnte wirklich verdammt stur sein.

Kerstin für ihr Teil hatte beschlossen, das Rätselraten um die ganzen Pannen, die ihr in den letzten Stunden zugesetzt hatten, kurzerhand zu beenden. Wahrscheinlich gab es für alles ganz harmlose Erklärungen. Ihr war nichts Ernstes passiert, alles war gut und es gab nichts Schlimmeres als das Unglück durch ständige Grübeleien erst herauszubeschwören. Sie würde ab jetzt einfach die Augen offen halten und besser auf sich aufpassen.

KAPITEL XIV

Leise Gespräche erfüllten die Bar, als Kerstin eintrat. André saß mit seiner Mutter bei Papa und Lilo am Tisch, alle anderen an einem weiteren. Nur Burkhard und Lukas fehlten, und Kerstin konnte sich denken, wohin die beiden unterwegs waren. Sie hoffte, dass der Yeti ein friedfertiges Wesen war, und nahm neben ihrem Vater Platz.

Während es in ihrer Runde eher ruhig zuging und die Unterhaltung immer mal wieder stockte, schienen sich ihre Geschwister und ihr Anhang gut zu amüsieren. Helmut und Jörg gaben Ruhmestaten aus ihrer Schulzeit zum Besten, was besonders Kerstins Nichten mit großen Augen und offenen Mündern verfolgten. Im Grunde waren Emily und Charlotte ziemlich brave Mädchen.

»Sag mal, Kerstin, was ist heute eigentlich bei dir los?«, fragte ihr Papa.

»Wieso?«

»Anke hat erzählt, dass du auch noch auf der Kellertreppe gestürzt bist!«

»Zum Glück nur beinahe, Papa! Da stand im Dunkeln eine Weinkiste auf der Treppe – keine Ahnung, welcher Idiot die da platziert hat! Ich bin gestolpert und konnte mich grad noch am Geländer festhalten.«

»Was wolltest du überhaupt da unten?«

»Mein Mann«, sagte sie, verzog das Gesicht und deutete mit einem Kopfnicken zu André, der ins Gespräch mit seiner Mutter vertieft war, »mein Mann dachte, Anke wär da unten und würde – na ja, du weißt schon … Hat sich leider oder zum Glück als Irrtum herausgestellt.«
Ihr Vater tätschelte ihre Hand.
»Für heute ist das auch mal gut mit deinen Eskapaden, finde ich. Man soll das Schicksal nicht herausfordern.«
»Ich hab nicht die Absicht, Papa, die hatte ich eigentlich nie. Wollen wir eine rauchen gehen?«
»Gute Idee! Die letzte Zigarette für heute. Danach werden wir uns zurückziehen, nicht wahr, Lilo?«
Die Angesprochene lächelte und nickte mit müdem Blick.
Kerstin und ihr Vater spazierten zum Hinterausgang, blieben draußen gleich hinter der Tür stehen und entzündeten ihre Zigaretten. Genießerisch sogen sie den Rauch ein und schwiegen erst einmal.
»Deine Schwester hat ja heute noch ganz gut die Kurve gekriegt. Ich hatte Angst, dass sie sich mal wieder besinnungslos betrinkt. An Weihnachten ist sie ja immer besonders gefährdet. Jedes Mal setzt sie sich so unter Druck! Dabei erwartet gar niemand von ihr, dass sie das perfekte Fest arrangiert, das sind nur ihre eigenen, völlig überzogenen Ansprüche«, meinte ihr Vater nach einer Weile.
»Ja, genau so einen Absturz hab ich befürchtet. Das war auch der Grund, warum ich in den Weinkeller steigen wollte. Ich dachte, Anke sitzt da unten und trinkt eine Schnapsflasche nach der anderen leer. Aber ich

glaube, vor allem wegen der Kinder hat sie sich diesmal zusammengerissen – Gott sei Dank. Vielleicht hat sie inzwischen dazugelernt.«

Wieder konzentrierten sie sich aufs Rauchen, sprachen nicht und ließen die Blicke über den Hof schweifen, der sich nach hinten zu dem Hügel öffnete, auf dem die Bergbaude vorm Saum des Waldes stand. Trockene Kälte umfing sie, es war ganz still, die Natur schlief, eine eisige Heilige Nacht.

Da, auf einmal schattenhafte Bewegung am Hang. Kerstin fokussierte die Stelle und ahnte gleich, wer die zwei Gestalten waren, die sich hinauf zu der Hütte bewegten. Sie hoffte sofort inständig, dass den beiden keine Gefahr drohte, es dort nicht zu einer unangenehmen Begegnung käme.

»Sag mal, hast du das auch gesehen?«, fragte plötzlich ihr Vater und deutete nach oben zu dem Hügel, »da bewegt sich was. Vielleicht Wildschweine? Oder Wölfe? Die soll's hier ja auch geben.«

»Wölfe? Ach nee, Papa, hoffentlich nicht. Lass uns lieber wieder reingehen. Ist saukalt draußen.«

In der Bar hatten sie inzwischen zwei Tische zusammengeschoben. Immer noch unterhielten vor allem Jörg und Helmut die Runde, man schien sich gut zu amüsieren.

»André, erzähl doch auch mal paar Döneken aus deiner Jugend«, forderte Pamela ihn auf.

»Döneken? Ach so, irgendwelche lustigen Geschichten meinst du.«

André überlegte.

»Na ja, ihr hattet halt nicht so viel zu lachen, oder?«, grinste Helmut und klopfte André gönnerhaft auf die Schulter. Der lächelte dünn und machte eine indifferente Geste. Manchmal haßte Kerstin wirklich die polternde, großspurige Art ihres Schwagers, der mal wieder den unsympathischen Wessi gab. Er ließ André keine Sekunde, um auch nur einen Jugendstreich zu erzählen, sondern hatte sofort seine eigene nächste Ruhmestat parat.

»So, wir Senioren werden eure nette Runde verlassen. Wir halten leider nicht mehr so lange durch wie früher. Ihr entschuldigt uns bitte«, verkündete Kerstins Vater, »wir sehen uns morgen beim Frühstück. Wünsche wohl zu ruhen allerseits.«

»Wann wollen wir morgen denn frühstücken? Was sagt der Küchenchef?«, wandte sich Lilo an Helmut.

Man einigte sich auf neun Uhr. Die beiden alten Herrschaften traten den Weg zu ihrem Zimmer an.

»Wo sind eigentlich Lukas und Burkhard?«

André schaute sich suchend um.

»Keine Ahnung«, beeilte sich Kerstin zu sagen, »vielleicht auch schon schlafen gegangen?«

»Die gehen bestimmt nicht verloren«, dröhnte Helmut und zog für Kerstin einen Stuhl heran, »komm, Schwägerin, setz dich doch zu uns.«

»Ja, sofort«, antwortete André zu ihrem Erstaunen, stand auf und nahm sie am Arm, »wir sind gleich wieder da.«

»Was ist denn los?«, fragte Kerstin ungnädig ihren Mann.

»Ach, ich wollte mal wieder in aller Ruhe ein Gespräch mit dir führen«, lächelte er sie an und führte sie zu einem der Sofas in der Lobby.

»Also?«

Auf der Sofakante sitzend, konnte Kerstin ihre Ungeduld kaum verbergen. Hatte er inzwischen endlich auch mitbekommen, dass ihre Ehe sich dem Ende näherte? Es war ja wirklich nicht so schwer, allein wenn er mal aufmerksam auf ihr Verhalten achten würde. Ahnte er etwas von ihrem schon sehr konkreten Scheidungsplan?

»Ich wollte doch noch einen Versuch unternehmen, dir das Projekt Blaue Bergvilla nahezubringen.«

Fast wäre Kerstin die Kinnlade heruntergefallen. Das durfte jetzt nicht wahr sein! Diese unglaubliche Hartnäckigkeit hatte sie ihm wirklich nicht zugetraut. Was sollte sie darauf antworten?

»Puh, André, ich dachte, ich hätte deutlich genug erklärt, warum ich für dieses Projekt eine ganz schlechte Prognose sehe und jedem, wirklich jedem davon abraten würde, auch nur einen Cent hier reinzustecken. Warum glaubst du mir nicht? Ein bisschen Ahnung hab ich schon von der Materie, wie du weißt. Warum klebst du so an diesem Vorhaben?«

»Vielleicht weil ich einen großen Traum habe?«, erwiderte er bockig wie ein kleines Kind, »und weil ich an diesen Traum glaube!«

Kerstin überlegte gerade, ob sie ihm ihre Scheidungsabsichten und die geplante, großzügige Abfindung für ihn offenbaren sollte, die allerdings bei diesem wahnwitzigen Hotelprojekt wie ein Tropfen auf dem heißen Stein verdampfen würde. Doch da tauchte Ingeborg neben ihnen auf.

»Ach, Mutti, setz dich doch«, lud André sie zu Kerstins Erstaunen ein.

»Wir sprechen gerade über das Hotel. Ich hab dir ja schon gesagt, dass ich es gern übernehmen und zu seinem altem Glanz aufpolieren würde.«

Mit einem Ächzen ließ sich Ingeborg auf der Couch nieder. »Meine alten Knochen«, meinte sie mit einem entschuldigenden Lächeln zu Kerstin, »ja André, davon hast du mir schon erzählt, und ich finde, das ist eine ganz hervorragende Idee.«

Super, dachte Kerstin, das kann meine Schwiegermutter mit ihrem Kennerblick sicher ganz professionell beurteilen. Was hatte sie früher noch mal für einen Job gehabt? Eine verantwortliche Position in der Verwaltung der Bezirksparteischule – was auch immer das bedeutete. Oh Mann, jetzt denk ich schon genauso bescheuert wie Helmut, schalt sie sich im nächsten Moment und sah betreten auf ihre Fußspitzen.

»Weißt du, Ingeborg, als Unternehmensberaterin habe ich auch schon einige Male für große Hotels gearbeitet, also für weltweite Ketten, das kann man natürlich nicht so eins zu eins vergleichen, aber …«

»Genau«, fiel André ihr ins Wort, »das ist hier ja etwas ganz anderes. Ein unabhängiges, individuelles Haus mit ganz eigenem Stil und eigener Klientel. Das kann man wirklich nicht vergleichen.«

»Davon mal ganz abgesehen, ich dachte eigentlich, ich hätte dir klargemacht, dass wir das finanziell nicht stemmen können. Schon bei oberflächlicher Betrachtung habe ich festgestellt, wie viele Mängel es zu beheben gilt und was für ein Modernisierungsstau vorhanden ist. Dabei habe ich ja noch gar nicht alles gesehen.«

Kerstin hoffte, wenigstens ihre Schwiegermutter mit ihren sachlichen Argumenten überzeugen zu können, denn André schien ja unbelehrbar zu sein.

»Entschuldige die Frage, Kerstin, ich bin ja nicht vom Fach«, so viel Einsehen war dann doch bei Ingeborg, »aber muss man denn wirklich so einen Aufwand treiben bei der Instandsetzung?«

»Von Aufwand kann keine Rede sein. Selbst wenn wir nur das Niveau wiederherstellen wollen, das auf der aktuellen Website der Blauen Bergvilla beworben wird, ist schon eine Summe im Millionenbereich notwendig, Ingeborg.«

Ihr Mann und seine Mutter tauschten einen Blick, den Kerstin nicht so recht deuten konnte. Einsicht? Enttäuschung? Unverständnis? Es konnte alles sein. André jedenfalls erschien Kerstin wie besessen von seiner Idee.

»Und eines gebe ich außerdem zu bedenken: Wir haben ja bisher weder die Geschäftsunterlagen eingesehen, noch mit den Betreibern gesprochen. Wir wissen auch nicht, warum das Hotel so überstürzt geschlossen wurde, welche Verbindlichkeiten womöglich bestehen gegenüber Personal, Lieferanten, Finanzamt. Erst danach hat man den Überblick, was einen wirklich erwartet. Mit anderen Worten ist unser Informationsstand über die aktuelle geschäftliche Situation dieses Unternehmens gleich null.«

So, das war ihr Schlusswort, das hoffentlich auch den wiederkehrenden Quengeleien ihres Mannes ein Ende bereitete. Aber statt enttäuscht den Kopf hängen zu lassen, stellte André fest:

»Na siehst du, wer weiß, was in diesen Geschäftsberichten drinsteht. Vielleicht ist die Lage ja gar nicht so düster, wie du sie malst. Dann besteht doch durchaus Hoffnung!«

Er strahlte.

»Wenn du meinst ...«

Es hatte einfach keinen Sinn. Man konnte André diese fixe Idee nicht ausreden. Die einzige Lösung war, so schnell wie möglich die Trennung durchzuziehen. Anschließend konnte er mit seiner Abfindung machen, was er wollte, und es konnte ihr herzlich egal sein, wenn er das Geld in null Komma nix verballerte.

»Dann würde ich jetzt gern wieder zu den anderen gehen«, kündigte Kerstin an und stand vom Sofa auf.

»Wir kommen auch mit, oder Mutti?«

Aus der Bar kam ihnen Anke entgegen, die wie ein Hirtenhund ihre beiden Mädchen vor sich hertrieb.

»Ach Mami, warum müssen wir denn schon ins Bett?«, jammerte Charlotte, »Lukas ist doch auch noch auf.«

»Das stimmt, Mami!«, unterstützte Emily ihre große Schwester.

»Ach, Mädels! Erstens ist es kurz nach elf, zweitens ist Lukas eine ganze Ecke älter als ihr und drittens ist er vielleicht schon im Bett.«

»Sicher nicht!«, widersprach Emily, »der ist nämlich mit seinem Papa weggegangen.«

»Wohin soll der gegangen sein? Raus? Bei dem Wetter?«, fragte André belustigt, »das glaub ich nicht.«

»Ist er aber wohl«, beharrte die Kleine beleidigt.

»Das ist uns total egal, ihr Lieben, wir gehen ins Bett. Los, kommt!«

Mit sanfter Gewalt schob Anke ihre Töchter in Richtung Treppe, André und Ingeborg strebten zur Bar, und Kerstin signalisierte, dass sie sich die Hände waschen wollte, und verschwand in der Damentoilette. In Wahrheit wollte sie Ausschau nach Lukas und Burkhard halten. Die beiden da draußen in der kalten Nacht zu wissen, womöglich konfrontiert mit einem gefährlichen Fremden, machte sie nervös. Sie wartete einen Moment, lugte aus der Tür, ob sie unbeobachtet war, und lief dann schnell zum Haupteingang. Ihrem Knie ging es wieder recht gut, und sie hatte kaum noch Probleme beim Gehen.

Mit Erleichterung und einer gewissen Spannung sah sie nur eine Minute später im Lichthalbkreis, der aus der Lobby fiel, Lukas und Burkard auftauchen.

»Na ihr«, begrüßte sie die beiden, die rotwangig, mit zufriedenen Gesichtern und schneebedeckten Schuhen hereinkamen, »wie war es da oben? Den Yeti getroffen?«

»Erzählen wir dir gleich«, nickte Burkhard, »wir ziehen uns kurz um und treffen uns in dieser sogenannten Bibliothek.«

Während sie so ruhig dasaß und auf die beiden wartete, fühlte Kerstin, wie sich eine bleierne Müdigkeit auf sie legen wollte, zum anderen empfand sie gespannte Erwartung. Aufmerksam sah sie zu den beiden Schneewanderern, als die kurz darauf ihr gegenüber Platz nahmen.

»Na, wie war's? Habt ihr was entdeckt?«

»War geil, richtig spannend. Und Spaß hat's auch gemacht«, griente Lukas zufrieden.

»Ist eine echte Herausforderung mit diesen Schneeschuhen. Hat aber gutgetan nach dem vielen Essen«, erklärte Burkhard.

»Und neben eurer sportlichen Betätigung? Irgendwelche Erkenntnisse? Habt ihr denn jemanden gesehen?«

Es fiel Kerstin schwer, ihre Neugier zu zügeln.

»Gesehen haben wir niemanden, zum Glück«, Burkhard schaute Kerstin an, »du kannst dir ja vorstellen, dass wir auf unserem Weg nach da oben in der hellen Schneelandschaft wie auf dem Präsentierteller waren. Um ungesehen dahinzukommen, hätte man einen Riesenumweg machen müssen.«

»Hätt' ich ja gemacht«, mischte sich Lukas ein und deutete auf Burkhard, »aber für meinen alten Herrn war das viel zu anstrengend!«

Freundschaftlich boxte der seinen Sohn in die Seite.

»Reiß dich mal zusammen, du Milchbubi! Jedenfalls war es schon ein bisschen riskant, denn wenn da jemand gewesen wäre, der uns Böses will, hätte er sich prima auf unsere Ankunft vorbereiten können.«

»Mit anderen Worten: außer Spesen nix gewesen«, stellte Kerstin irgendwie enttäuscht fest.

»So würde ich das jetzt nicht sagen«, widersprach Burkhard, »wir sind also bis zu der Baude hoch und sind da rein. Und eines ist klar: Da hatte sich jemand aufgehalten.«

»Und zwar kurz bevor wir da waren!«

Das Adrenalin, mit dem ihn dieses Abenteuer überschwemmt hatte, war Lukas immer noch anzumerken. Er gestikulierte aufgeregt und redete sehr schnell, als er fortfuhr:

»Decken und ein Schlafsack haben da dringelegen. Außerdem stand eine Thermoskanne auf dem Tisch und eine Tasse. Und stell dir vor, der restliche Tee in der Tasse, der war noch lauwarm!«

»Unser Yeti war also wirklich erst, kurz bevor wir ankamen, abgehauen«, meinte Burkhard.

»Und wohin? Was glaubst du? Hierher?«

Unangenehm berührt schaute Kerstin durch das Fenster in die Winternacht.

»Keine Ahnung. Es gab sowohl eine Spur in den Wald als auch die bereits bekannte zum Hotel.«

Sie überlegte.

»Das ist ja wirklich mysteriös. Was machen wir? Sollen wir die anderen jetzt einweihen?«

Für einen Moment kam ihre Unterhaltung ins Stocken, dann sagte Burkhard: »Ich denke, wir sollten nicht die Pferde scheu machen. Deine Schwester und Lilo würden sich nur furchtbar aufregen, und bisher wissen wir ja gar nicht, was das Ganze bedeutet. Vielleicht rede ich mal mit Helmut, falls der noch nicht zu viel getankt hat. Lukas und ich werden die Augen offen halten und sollten auf jeden Fall die Außentüren abschließen, wenn sich alle zu Bett begeben.«

»Na gut. Wahrscheinlich hast du recht.«

»Burki und ich, wir managen das. High five, Kumpel!«

Lukas streckte seinem Vater die Hand zum Abklatschen hin, der einschlug.

»Klar, ihr macht das schon«, lächelte Kerstin und schob ihren Stuhl zurück, »so langsam muss ich mal ins Bett. Ihr glaubt nicht, wie kaputt ich bin. Ich geh nur kurz zu den anderen, mich verabschieden. Kommt ihr mit?«

»Na, schlafen eure Kinder etwa schon? Die haben doch heftig protestiert vorhin«, wandte sich Kerstin an ihre Schwester, die wieder mit am Tisch bei den anderen saß.

»Ach, die waren so müde! Emily hat kaum gelegen, da war sie schon weg. Charlotte wollte noch lesen, aber ich wette, die hat auch die Augen zugemacht, in dem Moment, als ich zur Tür raus bin.«

»Hallo, ihr zwei! Ihr seid ja doch noch nicht schlafen gegangen«, begrüßte Jörg seinen Neffen und Burkhard erstaunt, »wo habt ihr denn gesteckt?«

»Wir haben ein bisschen unsere Muckis trainiert«, schmunzelte Burkhard.

»Stimmt ja, der Fitnessraum! Respekt! Da werde ich morgen früh auch mal die Hantelbank ausprobieren. Bist du dabei, Helmut?«, fragte Jörg seinen Schwager. Der hob angewidert seine Brauen.

»Ganz sicher nicht. Außerdem muss sich ja auch jemand um euer Frühstück kümmern, oder?«

»Schon klar, Helmut!«, lachte Jörg und boxte ihm freundschaftlich gegen den Arm.

»So, ihr Lieben«, Kerstin winkte in die Runde, »ich werde mich ins Bett verabschieden. Seid mir nicht böse, aber ich bin völlig fertig.«

»Ich schließe mich an«, verkündete Ingeborg und erhob sich.

Man wünschte den beiden Gute Nacht. André, neben dessen Stuhl Kerstin stand, klopfte ihr leicht auf den Po und lächelte ihr zu.

»Ich komm gleich nach.«

Kerstin war diese vertraute Geste mehr als unangenehm, und ihr entging auch nicht, mit welch skeptischem Blick Burkhard ihren Mann währenddessen bedachte. War das Eifersucht? Eigentlich ein ganz angenehmer Gedanke. Traute er André nicht? Oder traute er ihr nicht? Allen Grund dazu hatte er ja, wie sie beschämt zugeben musste. Jetzt bloß weg von hier. Weit ausschreitend ging sie, gefolgt von Ingeborg, in Richtung Treppenhaus. Im ersten Stock sagte sie Ingeborg Gute Nacht und stieg die nächste Treppe hoch. Im zweiten Stock war es ruhig, nur das schummrige Flurlicht summte leise. Auch aus dem Zimmer ihrer Nichten, das gleich neben der Treppe lag, drang weder Licht noch Laut, wie Anke vorausgesagt hatte. Die Mädels schliefen wahrscheinlich selig und süß. Und sie hoffentlich auch gleich, dachte Kerstin in wohliger Vorfreude.

KAPITEL XV

Mit einem Seufzer zog Kerstin die Zimmertür hinter sich zu und ließ sich geradewegs aufs Bett fallen. Endlich allein. Jetzt erst merkte sie, wie erschöpft sie wirklich war. Kein Wunder nach diesem langen Tag, der ihr einige mehr als unangenehme Erlebnisse beschert hatte. Nur noch kurz Gesichtspflege, Zähne putzen, den Pyjama aus dem Koffer fischen und dann Augen zu und schlafen. Nachdenken über André und Burkhard und darüber, was der schnellste Weg zur Lösung ihres Problems war, konnte sie auch morgen früh, wach und frisch.

Sie legte die feine Halskette mit dem Diamantanhänger wie auch ihre Brille auf den Nachttisch und gähnte laut. Es kostete sie wirklich Überwindung, von dem gemütlichen Bett noch einmal aufzustehen. Sie verharrte einen Moment am Fenster und schaute in die vom Schneeweiß schwach erhellte Landschaft. Hatte sie da eben einen Schatten ums Haus biegen sehen? Ohne ihre Brille hatte sie eh keine Chance, etwas zu erkennen. War es ein Mensch, ein Tier, der Yeti? Das war ihr jetzt komplett egal. Außerdem waren da Lukas und Burkhard, die passten auf. Vor Müdigkeit kippte sie fast aus den Latschen. Kein Wunder, dass sie schon Gespenster sah. Kerstin schloss die schweren Vorhänge und schlurfte anschließend mit ihrer Kulturtasche unterm Arm Richtung Badezimmer. Aller Müdigkeit zum Trotz öffnete sie behutsam die Tür, drückte auf den Lichtschalter und spähte vorsichtig in alle Ecken. Man konnte ja nie wissen … Doch sie war allein, kein Yeti lauerte in der Duschkabine. Im Licht der gnadenlos hellen Punktstrahler warf der Spiegel ihr müdes Gesicht zurück, sodass sie bei ihrem eigenen Anblick unwillkürlich gähnen musste.

»Oh nee«, entfuhr es ihr, als sie plötzlich wieder einmal im Finstern stand. Die Elektrik von Andrés Traumhotel war wirklich schwerstens reparaturbedürftig. Nach Gefühl verteilte Kerstin die bereits aufgetragene Creme über ihr Gesicht und öffnete die Badezimmertür. Vorsichtig tastete sie sich zurück durch das dunkle Zimmer und blieb wie angewurzelt stehen. Da war doch jemand!

»André, bist du das?«

Niemand antwortete.

»Also, wenn du das lustig findest, ich kann nicht mehr darüber lachen. Heute schon gar nicht.«

Wieder blieb es still. Aber Kerstin war sich sicher, nicht allein im Raum zu sein. Sie konnte es riechen, sie hörte jemanden atmen, sie spürte, dass da jemand war. Noch einmal rief sie nach André, als sie plötzlich etwas in ihrem Rücken fühlte. Etwas Hartes, Grobes drückte sich zwischen ihre Rippen. Ein großes Messer, der Lauf einer Waffe?

»Hinsetzen«, befahl barsch eine Stimme.

»Wohin soll ich mich denn setzen? Hier im Finstern sehe ich nichts.«

Die Person hinter ihr packte sie unsanft an den Schultern, was auf der von der Kellertreppe lädierten, rechten Seite ziemlich schmerzte, zog sie auf einen der Sessel, mit denen das Zimmer möbliert war, und drückte nun das Metallteil gegen ihre Schläfe. Spätestens jetzt dämmerte Kerstin, dass sie sich in einer ziemlich misslichen Lage befand.

In dem Moment öffnete sich die Tür, die Stehlampe neben der Sitzecke flammte wieder auf und Kerstin sah André hereinkommen, gleichzeitig wurde das kalte Metall von ihrer Schläfe zurückgezogen. Schon lange hatte Kerstin keine solche Freude mehr beim Anblick ihres Ehemannes empfunden wie jetzt.

»André! Vorsicht, hier ist ein Einbrecher!«, rief sie schnell, »und der ist bewaffnet!«

»Keine Sorge, mit dem werde ich fertig«, antwortete André lächelnd, blieb ganz ruhig und schloss die Zimmertür hinter sich. Über seine Kaltblütigkeit musste Kerstin sich wundern. Und was hatte er da unterm Arm?

»Ich dachte, wir nehmen noch einen Schlummertrunk«, er hob die Wodkaflasche hoch, die er mitgebracht hatte.

»Bist du bekloppt?«, entfuhr es Kerstin trotz ihrer üblen Situation, »du weißt doch, dass ich keinen Alkohol vertrage.«

»Eben deshalb«, grinste er, »wirst du jetzt mal ordentlich einen bechern, mein Schneckchen.«

Das Schneckchen ließ ihm Kerstin für dieses eine Mal noch durchgehen, zumal sie jetzt das bedrohliche metallne Ding in ihrem Nacken spürte.

André stellte die Flasche auf dem Tisch neben ihr ab und holte aus dem Schrank neben der Minibar ein Wasserglas. Mit Befremden sah Kerstin zu, wie er es fast bis zum Rand mit Wodka füllte.

»Na dann, wohl bekomm's«, sagte ihr Mann mit einer auffordernden Geste.

»Sag mal, geht's noch? Du glaubst doch wohl selbst nicht, dass ich das Zeug auch nur anrühre!«, empörte sich Kerstin. Hinter ihr erklang ein hämisches Lachen, und wieder wanderte das Metall an ihren Kopf. Kerstin rührte sich nicht. Natürlich hatte sie eine Scheißangst. Trotzdem machte sie keine Anstalten, nach dem Glas zu greifen.

»Nun sei mal ein bisschen kooperativ. Tut doch gar nicht weh. Ist ein richtig guter Wodka, ehrlich!«

André griff nach dem Glas und hielt es ihr hin.

»Der war nicht billig, mein Schneckchen«, setzte er mit einem herausfordernden Lächeln hinzu.

Am liebsten hätte Kerstin ihm das Glas aus der Hand geschlagen, doch sie spürte die ganze Zeit das schwer zu entkräftende Argument an ihrer Schläfe.

»Kannst du mir mal erklären, was das hier überhaupt soll? Was versprichst du dir von diesem Theater?«

»Ach Schneckchen, das ist eine lange Geschichte. Ich fürchte, dazu reicht die Zeit jetzt nicht.«

»André, du siehst doch, dass das so nichts wird«, schnauzte hinter Kerstin ungeduldig die Stimme. In einer Weise kam sie Kerstin bekannt vor, aber sie konnte nicht sofort ausmachen, ob sie zu einem Mann oder einer Frau gehörte.

»Wie lange willst du denn noch die weiche Tour fahren?«

Das Metall verschwand von Kerstins Kopf. Sie hörte ein trockenes Klacken, und aus dem Augenwinkel sah sie, wie jemand eine Waffe, eine klobige, schwere Pistole, auf dem Tisch neben ihr ablegte, so weit entfernt, dass sie für sie unerreichbar war. Noch kapierte Kerstin nicht, was hier vorging. Was war plötzlich mit André los? Was hatte er mit dieser Person zu tun, die sie gerade mit einer Pistole bedroht hatte?

Plötzlich wurde Kerstin mit einem Arm von hinten in den Klammergriff genommen, während die Hand des anderen Arms versuchte, das Wodkaglas zu ihrem Mund zu führen. Sofort zappelte und strampelte Kerstin, verschloss fest ihre Lippen und haute nach der Hand mit dem Glas, sodass sich dessen Inhalt über ihre Kleidung ergoss, das Glas zu Boden fiel, aber unversehrt über den dicken moosgrünen Teppichboden rollte, einen Teppichboden, den Kerstin auch längst als dringend austauschbedürftig eingestuft hatte.

»So geht das nicht. Binde ihr doch mal die Hände fest, André.«

Auch wenn Kerstin nicht glauben wollte, was sie soeben erlebte, wurde ihr spätestens, als ihr Mann ein Handtuch in Streifen riss, klar, dass er mit diesem Eindringling unter einer Decke steckte. Mit ein paar kurzen schnellen Bewegungen fesselte man ihr die Hände auf dem Rücken, band ihre Füße zusammen. Dann trat die andere Person in Kerstins Blickfeld. Bei deren Anblick staunte Kerstin nicht schlecht.

»Frau Winter!«

Sie schaute zwischen André, der eine entschuldigende Grimasse schnitt und linkisch seine Schultern hob, und der Hotelchefin hin und her. Nicole Winter musterte Kerstin aus ihren dunklen, immer noch perfekt geschminkten Augen mit abschätzigem Blick. Sie steckte in einer Art grauer Fliegerkombi und machte darin eine ausgesprochen gute Figur.

Aber was war das für ein Szenario, das sich da soeben entfaltete? War sie jetzt das Opfer dieser gescheiterten Hoteliere, die mit André, dem völlig unbegabten Geschäftsmann, unter einer Decke steckte? War er bereit, für seinen Traum von der Übernahme der Blauen Bergvilla über Leichen zu gehen? Auf jeden Fall war die Frau der Boss in diesem Duo infernale, was Kerstin nicht besonders überraschend fand.

Konnte das wirklich sein, was ihr plötzlich als Erkenntnis durch den Kopf ging? Sie, die Erfolgreiche, Selbstbewusste, die sich für unfehlbar hielt, stets nur dazu da war, die Fehler der anderen zu entdecken und zu korrigieren, hatte ihr echtes, eigenes Leben überhaupt nicht im Griff? Sie war dem völlig überdrehten Traum einer unreifen, jungen Frau nachgerannt. Nicht nur, dass diese überstürzte Heirat ein kapitaler Fehler war, den sie längst bereute, sie war in ihrer rauschhaften Verliebtheit offensichtlich der Täuschung eines Betrügers erlegen. Sie hatte falsch gemacht, was man nur falsch machen konnte. Und nun war das Ganze nicht mehr nur peinlich, es war lebensgefährlich.

Ach ja, sie war eine Analphabetin im Lesen von Menschenwesen – hatte Burkhard jedenfalls schon des Öfteren behauptet. Kerstin blieb keine Zeit mehr, über ihre Alltagsblindheit und ihre dumme Arroganz zu philosophieren, über Burkhard, seine Weisheiten und was sie mit ihm alles aufgegeben hatte. André hatte sich vor ihr aufgebaut und presste ihre Beine mit den seinen unerbittlich wie in einem Schraubstock zusammen. Während er ihre Schultern packte und sie an jeglicher Bewegung hinderte, drückte Nicole Winter mit einem Arm Kerstins Kopf nach hinten und schob ihr mit der anderen Hand gewaltsam die geöffnete Wodkaflasche in den Mund. Es gelang Kerstin nicht zu verhindern, dass ihr das Zeug eingeflößt wurde, aber sie behielt es in ihrem Mund und ließ es nicht in ihren Rachen fließen. Als Frau Winter die Flasche absetzte, wollte Kerstin das widerwärtige Zeug ausspeien, aber sofort legte sich Andrés Hand auf ihr Gesicht und verschloss Mund und Nase. Wollte sie nicht ersticken, musste sie wohl oder übel schlucken. Und es blieb nicht bei dem einen Mal, immer mehr Wodka kippte man in sie hinein. Wahrscheinlich dauerte das Ganze höchstens ein, zwei Minuten. Aber Kerstin hatte schon jegliches Zeitgefühl verloren. Erst wurde ihr übel, dann schwarz vor Augen und schließlich schwanden ihr die Sinne.

Von fern war der Ton einer Kirchenglocke zu vernehmen. Ein mächtiges Geläute schwang da nicht, eher klang es nach einer bescheidenen Dorfkirche. In Kerstins Kopf raste eine Achterbahn, stieß immer wieder irgendwo an, was bei jedem Mal schmerzte wie Hölle. Mit jedem Atemzug roch sie den Schnaps, und allein der Geruch ließ ihren Magen revoltieren. Hatte sie etwa auch von dem Zeug getrunken?

Trotzdem sie sich das schmerzende Hirn zermarterte, gelang es ihr nicht, Ordnung in ihre wirren Gedanken zu bringen. Mit Mühe öffnete sie die Augen. Wo war sie? Überall fühlte sie schneidende Kälte. Wie war sie hierhergekommen? Wie lange war sie schon hier? Wie spät war es eigentlich? Das Läuten der Glocke, das Weiß des Schnees, das die Dunkelheit um sie herum schwach beleuchtete – stimmt, es war Weihnachten, Heiligabend sogar, und die Glocke, die rief wohl zur Christmette? Warum war sie nicht zu Hause?

Wie in einem offenen Grab lag sie in einer Kuhle aus Schnee, der sich um sie herum bestimmt mehr als einen halben Meter hoch türmte. Und was hatte sie da in der Hand? Als sie mit riesiger Anstrengung ihren Arm hob, was es weiß von den Rändern ihrer Schneegrube auf sie herabrieseln ließ, sah sie die Schnapsflasche zwischen ihren gefühllosen Fingern. Voller Ekel stieß sie das Teil von sich weg. Sie schaffte es gerade noch, ihren Kopf zu heben und zur Seite zu drehen, denn im nächsten Augenblick musste sie erbrechen.

Völlig entkräftet fiel Kerstin zurück auf den Rücken. Obwohl sie die Augen am liebsten wieder geschlossen hätte, vor Erschöpfung, vor Übelkeit, hielt sie den Blick nach oben gerichtet, wo am klaren Himmel Tausende Sterne funkelten. Sterntaler, gleich würde es goldene Sterne regnen! Das Zittern und Zähneklappern hatte nachgelassen, und wenn sie sich nicht bewegte, wurden auch die rasenden Kopfschmerzen erträglich. Sie fühlte sich nur noch müde, so müde. An Aufstehen war überhaupt nicht zu denken, sie wollte einfach nur liegen bleiben und sich ausruhen. Schlafen, ja, das tat jetzt gut, tief und ungestört schlafen. Sie schloss endlich die Augen, sie spürte die unerbittliche Kälte nicht mehr. Das war ja so angenehm. Ihr Geist driftete weg, ihre Gliedmaßen entspannten sich, kurz darauf war sie eingeschlafen.

Was war das? Die Sterne, die hatten sie doch eben zu sich geholt! Freundliche Mädchen in weißen Gewändern mit goldenen Sternenkronen auf ihren langen Locken waren zu ihr gekommen, hatten sie an der Hand genommen und waren mit ihr durch den unendlichen Himmelsraum geschwebt. Alles war so luftig, so leicht. Doch nein, jetzt war da etwas anderes, das sie packte und heftig an ihr rüttelte. Als ihr plötzlich etwas Kaltes übers Gesicht fuhr, zuckte Kerstin erschrocken zusammen.
»Kerstin! Aufwachen! Kerstin, mach die Augen auf!«
Es kostete sie unendlich viel Willenskraft, dieser Aufforderung nachzukommen. Als sie es endlich geschafft hatte, blickte sie in ein Gesicht, das auf der Stirn eine blutige Schramme aufwies.
»Prima, da bist du ja wieder!«
Kerstin überlegte krampfhaft, wem dieses Gesicht und die Stimme gehörte, als ein zweites Gesicht daneben auftauchte. Lukas, das war ihr Sohn Lukas, klar! Und das andere, ach ja, das gehörte natürlich zu Burkhard, seinem Vater.

»Was ist los?«, wollte sie fragen, aber sie brachte nur ein unverständliches Krächzen zustande.

»Alles gut. Wir gehen jetzt erst mal rein ins Warme, da ist es gemütlicher, da können wir quatschen«, schlug Burkhard vor, »Lukas, du unten, ich oben, okay?«

»Okay, klar.«

Kerstin spürte, wie man sie anhob und die beiden mit ihr durch den hohen Schnee stapften. Nach einer gefühlten Ewigkeit traten sie durch eine Tür, wo man sie offensichtlich schon erwartete. Immer noch fühlte sich Kerstin ziemlich schlapp, aber Übelkeit und Kopfschmerzen hatten wenigstens etwas nachgelassen, und ihr Gehirn funktionierte auch wieder, zumindest einigermaßen.

»Kerstin, was machst du denn für Sachen?«

Ihr Vater beugte sich über sie. Er hatte Tränen in den Augen.

»Ich bin ja so froh, dass sie dich so schnell gefunden haben!«

Lilo, die danebenstand, sah sie voller Mitleid an und strich ihr liebevoll über die Wange.

»Kindchen, wir haben uns solche Sorgen gemacht. Wie schön, dass du wieder da bist!«

Auch Anke und Pamela schenkten Kerstin ein glückliches Lächeln und streichelten sie am Arm, während die beiden Mädchen ihre Tante mit verlegenen Gesichtern und riesigen Augen anstarrten. Etwas unbeholfen klopfte ihr Helmut gegen die Schulter.

»Wird schon wieder«, brummte er.

Man legte Kerstin auf dem großen Sofa in der Lobby ab. Burkhard gab Anweisungen, eine Decke zu holen und lauwarmes Wasser, zum Trinken und für die eiskalten Hände und Füße.

»Du hast Glück gehabt, dass wir dich so schnell gefunden haben«, sagte er, »eine Viertelstunde länger und du hättest ernste Erfrierungen davongetragen. So müssen wir dich einfach nur ein bisschen aufwärmen, kann sein, dass du in den Extremitäten gleich so ein Kribbeln und Jucken bemerkst. Das ist unangenehm, aber nicht gefährlich.«

Er nahm Kerstins Eishände zwischen seine warmen Finger und knetete sie sanft.

»Gut auch, dass du dich schon übergeben hast. Das hast du genau richtig gemacht, so ist der meiste Alkohol wahrscheinlich raus aus deinem Körper. Es war ohnehin nicht so eine große Menge. Aber bei dir reicht ja schon ein kleiner Schluck.«

Während Burkhard seine Hilfsmaßnahmen durchführte, standen die anderen weiter um sie herum, machten lustige Sprüche, wirkten einfach nur froh und erleichtert. Sie mochten sie wohl doch ganz gern, ging es Kerstin durch den Kopf, ihr Papa und Pamela sowieso, aber auch Anke, sogar Lilo. Einige fehlten ja. Jörg hatte sie noch nicht gesehen, auch Ingeborg war nicht da. Und dann fiel es ihr wieder ein: Wo steckte eigentlich André? Und was war mit dieser Nicole Winter? Die beiden hatten sie bedroht, hatten ihr den Schnaps aufgezwungen! Wie sie draußen im Schnee gelandet war, blieb ihr allerdings ein Rätsel.

»Ich hol mal ein paar frische Sachen zum Umziehen für dich«, kündigte Anke an und unterbrach Kerstins

Gedankengang. Das Sprechen war immer noch schwierig für Kerstin, ihr Hals schien rau wie Schmirgelpapier.

»Ich weiß gar nicht, ob ich überhaupt noch was im Koffer habe«, flüsterte sie, »ich hab mich heute ja schon ein paar Mal umgezogen.«

»Kein Problem, ich nehm was von meinen Sachen. Du weißt ja, ich reise immer mit einem gigantischen Schrankkoffer«, grinste ihre Schwester und zitierte damit einen Spruch, den sie sich von Kerstin stets anhören musste.

»Dein Zimmer können wir momentan ja sowieso nicht betreten.«

»Was? Wieso das denn?«

»Das kann dir Burkhard besser erklären«, meinte ihre Schwester ohne sie anzusehen und ging davon, die Kleidungsstücke holen.

Erwartungsvoll blickte Kerstin zu Burkhard.

»Später. Jetzt müssen wir dich erst einmal wieder auf die Beine kriegen. Wie geht's dir?«

»Schon besser. Nur in meinen Beinen kribbelt's ganz fürchterlich.«

»Das ist völlig normal. Hab ich dir ja gesagt. Jetzt kommt die Durchblutung in den ausgekühlten Gliedmaßen richtig in Gang.«

»Aber sag mal«, wiederholte Kerstin flüsternd, »was ist mit meinem Zimmer? Habt ihr eigentlich mitbekommen, dass Frau Winter auch hier im Hotel ist? Stell dir vor, die und André haben mich bedroht und mir unter Zwang Wodka eingeflößt. Wo ist André überhaupt?«

Burkhard warf einen Blick auf die Umstehenden, die irgendwie unangenehm berührt zu Boden sahen, dann erwiderte er ernst:

»Das ist eine längere Geschichte, Kerstin. Jetzt ziehst du erst mal saubere, trockene Klamotten an, trinkst einen heißen Tee, dann erzähl ich sie dir.«

KAPITEL XVI

Mit einem edlen Rollkragenpullover und eleganter Samthose aus dem Fundus ihrer Schwester angetan, lag Kerstin unter einer Wolldecke auf dem Sofa und umfasste mit beiden Händen eine Tasse heißen Pfefferminztees, den Pamela ihr serviert hatte. Sie trank ihn in ganz kleinen Schlucken, er wärmte und tat ihrem Magen gut. Lukas hatte ihr einen Stapel Kissen gebracht und in den Rücken gestopft. Jeder wollte ihr etwas Gutes tun.

Auf Burkhards Wunsch hatten sich schließlich alle anderen in die Bar zurückgezogen. Nur er und Lukas saßen noch bei ihr. An Schlaf schien keiner mehr zu denken, auch Kerstin beherrschte nach all den Aufregungen eine angespannte Wachheit.

Erwartungsvoll sah sie zu Burkhard.

»Also, was ist mit André? Wo ist er?«

»Er ist in einem der Zimmer oben. Aber sag mir bitte erst einmal, woran du dich erinnern kannst.«

Sie konzentrierte sich, um möglichst genau nacheinander wiederzugeben, was ihr geschehen war.

»Ich war im Badezimmer. Plötzlich ging mal wieder das Licht aus. Ich hab mir nichts dabei gedacht, weil das in dieser maroden Hütte ja scheinbar des Öfteren vorkommt. Also bin ich im Dunkeln zurück ins Zimmer und hab sofort gemerkt, dass da jemand war. Als ich fragte, bekam ich keine Antwort, doch im nächsten Moment wurde ich von hinten mit irgendeiner Waffe bedroht und sollte mich setzen. Dann ging die Tür auf, das Licht sprang wieder an, und ich war gottfroh, als André hereinkam. Aber er war irgendwie so komisch. Außerdem hatte er eine Flasche Wodka dabei – für mich!«

Kerstin tippte sich aufgebracht an die Stirn.

»Dann wollten sie mich zwingen, von dem Zeug zu trinken, André und dieser Eindringling. Natürlich hab ich mich gewehrt, aber die waren zu zweit, außerdem hatten sie eine Pistole. Ich wurde gefesselt, und schließlich hab ich auch die andere Person gesehen: Es war Frau Winter!«

Immer noch ziemlich fassungslos griff sich Kerstin an den Kopf.

»Ist euch Frau Winter auch begegnet?«

Nach einem kurzen Nicken fragte Burkhard:

»Und was ist dann passiert?«

»Na ja, sie haben mir mit Gewalt den Wodka eingeflößt, dann war ich wohl irgendwie weg. Wie ich nach draußen in den Schnee gekommen bin – ich hab nichts davon mitbekommen. Irgendwann hörte ich Glockenläuten, schaute in die Sterne und muss eingeschlafen sein, bis ihr mich wachgerüttelt habt.«

»Ah ja«, Burkhard nickte, »so ähnlich hab ich mir das gedacht.«

»Woher wusstet ihr überhaupt, wo ich bin?«

Burkhard zeigte auf Lukas.

»Der da hat gut aufgepasst.«

Ein kurzes Grinsen erschien auf Lukas' Gesicht, ein irgendwie stolzes Grinsen.

»Ungefähr eine halbe Stunde nach dir bin ich auch nach oben. Vorher haben Burki und ich noch die Außentüren abgeschlossen. Und als ich an deiner Zimmertür vorbeikam, hörte ich Stimmen, die von André und eine fremde. Fand ich irgendwie strange. Hörte sich an, als ob die streiten, aber, obwohl ich mein Ohr an die Tür gelegt habe, konnte ich nichts verstehen.«

»Er ist dann zu mir runtergekommen. Wir sind zusammen nach oben, da kam gerade André aus der Tür. Ich hab gesagt, ich müsste dich mal kurz sprechen, ganz dringend! Da hat er sich tierisch angestellt, wollte uns nicht reinlassen, um dich nicht zu wecken und was er sonst noch alles für dämliche Ausreden hatte.«

»Das war alles so komisch! Da hat Burki ihn einfach zur Seite geschoben und wir sind rein.«

»Genau! Aber du warst nicht da, Kerstin, und es stank nach Schnaps. Da konnte was nicht stimmen. André war mit ins Zimmer gekommen, stotterte irgendwelches unverständliche Zeugs. Und als ich im Badezimmer nach dir schauen wollte, kriegte ich auf einmal die Tür vor den Kopf, und diese Frau Winter stand vor mir.«

»Ach, daher hast du die Schramme, du Armer!«

Vorsichtig strich Kerstin über Burkhards Stirn und sah ihn mitfühlend an.

»Ist halb so schlimm, wie es aussieht.«

»Stell dir vor, Mama, die Frau Winter war fast die ganze Zeit hier im Hotel! Die hatte ihr Snowmobil irgendwo oben im Wald geparkt und die Baude war ihr Stützpunkt. Dort hat sich André mit ihr getroffen, später hat sie sich irgendwo im Hotel versteckt.«

»Sie war es übrigens auch, die dich in der Sauna eingeschlossen hat«, erklärte Burkhard.

»Wie eingeschlossen? Ich dachte, die Tür hat geklemmt.«

»Nein, das war Frau Winter hat André gesagt. Sie hatte die Temperatur aufgedreht und von außen eine Holzlatte unter das Schloss geklemmt.«

»Das hast du mir gar nicht gesagt, dass jemand das Schloss manipuliert hat!«

»Ich wollte nicht, dass du Panik kriegst. Zu dem Zeitpunkt hatte ich ja keinen Schimmer, wer das getan haben konnte, dachte an irgendeinen geheimnisvollen Unbekannten – was ja nicht mal so falsch war.«

»Das ist ja wirklich unglaublich! Aber wo ist denn nun Frau Winter?«

Lukas und Burkhard tauschten einen beredten Blick, den Kerstin nicht deuten konnte.

»Frau Winter ist tot«, antwortete schließlich Burkhard.

»Was?«, schrie Kerstin entsetzt und fuhr von ihrem Sofa hoch, »wie ist das denn passiert?«

»André hat …«

»Was?«, schrie Kerstin erneut, »André hat sie getötet?« Vollkommen perplex schüttelte sie den Kopf und sank zurück auf die Kissen.

»Das passt ja alles überhaupt nicht zusammen!«

»Es war ein Unfall. In eurem Zimmer lag eine Pistole auf dem Couchtisch. Es war eine alte Makarov, glaube ich, die nutzte zum Beispiel auch die Stasi. Ich hatte die Waffe beim Eintreten gar nicht gesehen. Als die Winter aus dem Bad kam und Lukas und mich entdeckte, stürzte sie zu dem Tisch und wollte sich die Pistole schnappen. Keine Ahnung, was sie sich dabei gedacht hat, ob sie uns beide erschießen wollte? Ich weiß es nicht. Aber das wäre ja eigentlich total sinnlos gewesen. Sie hatte in dem Moment scheinbar völlig den Kopf verloren.«

Burkhard brach ab, wirkte ein wenig ratlos.

»André sah wohl, was sie vorhatte, und sprang ebenfalls in Richtung Tisch«, nahm Lukas nach einer Weile den Faden wieder auf, »wir wissen nicht, wer von den beiden die Pistole zuerst in die Hand kriegte. Es gab jedenfalls eine Rangelei, André rief immer wieder, Nicole hör doch auf, das hat doch gar keinen Sinn mehr und so, aber sie hörte einfach nicht auf ihn.«

»Die Frau war wie in Trance. Und während sie so miteinander rangen, knallte es auf einmal und sie fiel um.«

Burkhards Blick ging ins Leere. Als ob er es immer noch nicht glauben konnte, fuhr er fort: »Es war wie in einem Gangsterfilm. Sie ging zu Boden und starb in Andrés Armen.«

Beide Hände vorm Mund saß Kerstin auf dem Sofa und versuchte zu begreifen.

»Und was war vorher? Was wollten sie denn mit mir machen?«

»Das ist schnell erzählt: Nach ein paar Schlucken Wodka warst du ausgeknockt. Sie haben dich über einen Hinterausgang nach draußen geschleppt. Da solltest du den Kältetod sterben, was im Zusammenhang mit dem Alkohol bei den herrschenden Temperaturen ziemlich schnell gegangen wäre. Bis wir dein Fehlen beim Frühstück bemerkt hätten, wärest du längst tot gewesen.«

»Sie wollten mich umbringen? Frau Winter und mein Mann? Und das hätte André mitgemacht?«

Kerstin stellte diese Fragen mit ungläubigem Staunen.

»Tja, er sagt, das Ganze wäre Nicole Winters Plan gewesen. Und dass er dir nie etwas habe antun wollen«, antwortete Burkhard mit einer ratlosen Geste, »aber das scheint auch eine längere Geschichte zu sein, die du dir am besten von ihm selbst erzählen lässt. Wir haben nur ganz kurz mit ihm geredet. Uns war vor allem wichtig, dich erst mal aus dieser lebensgefährlichen Eishölle zu holen.«

Den Blick zu Boden gerichtet, mit hängenden Schultern, hockte André auf einem Stuhl in einem der freien Zimmer im ersten Stock. Er wirkte seltsam konturlos auf Kerstin, so als ob er sich auflösen und mit dem Raum eins werden wollte. Nichts war mehr vorhanden von dem sonst so strahlenden, sich stets optimistisch gebenden Mann.

Als sie hereinkam, zwischen Lukas und Burkhard, die sie stützten, da sie immer noch ziemlich wackelig auf den Beinen war, schaute er nicht einmal auf. Seine Stimmung, duster und bedrückend, verbreitete sich bis in die letzte Vorhangfalte. Selbst der allzeit gut gelaunte Jörg, den man quasi als Aufpasser zu André abgeordnet hatte, hob zur Begrüßung nur stumm die Hand.

Kerstin nahm in einem der Sessel direkt gegenüber von André Platz, Lukas packte sie fürsorglich in eine Decke.

»Ruf einfach, wenn du uns brauchst. Wir warten vor der Tür«, sagte Burkhard leise, dann verließ er mit den beiden anderen das Zimmer. Kerstin war mit André allein. Er verharrte zusammengesunken auf seinem Stuhl und nahm keine Notiz von ihr. Vielleicht hatte er ihre Anwesenheit auch noch gar nicht mitbekommen.

»Hallo, André.«

Er hob seinen Kopf, und Kerstin erschrak, als sie seinen Blick sah. Es war eine Mischung aus Verzweiflung, Scham und Trauer, ohne jede Hoffnung. Sie war zutiefst schockiert. Doch dann musste sie daran denken, was man ihr angetan hatte, vor allem noch vorgehabt hatte, ihr anzutun, und die Wut auf ihre Peiniger kehrte zurück. Trotzdem bemühte sie sich um einen möglichst ruhigen Ton.

»Magst du mir erklären, was hier geschehen ist, André?«

Resigniert hob er die Schultern und sah an ihr vorbei ins Leere.

»Wozu?«

»Wozu?«, wiederholte Kerstin und spürte, wie die Empörung in ihr wuchs.

»Du kannst Fragen stellen! Ihr wolltet mich da draußen erfrieren lassen!«

»Ach, lass mich, bitte. Ich hab das denen doch vorhin schon erklärt.«

»Aber mir nicht!«, rief Kerstin aufgebracht. »Sag mir, warum? Warum sollte ich sterben? Was habt ihr euch davon versprochen?«

»Es war Nicoles Idee«, erwiderte André und schien langsam in die Gegenwart zurückzukehren, »das musst du mir glauben, ich wollte das wirklich nicht.«

»Es scheint dir aber nicht so richtig gelungen zu sein, deine Vorstellung durchzusetzen«, stellte Kerstin voller Sarkasmus fest, »was hattest du überhaupt mit dieser Frau Winter zu schaffen?«

Die Antwort fiel ihm sichtlich schwer. Schließlich sagte er mit belegter Stimme: »Nicole war meine Partnerin.«

»Wie, Partnerin? Geschäftlich?«

»Nicht nur das. Wir waren ein Paar.«

»Seit wann?«

»Schon immer.«

Kerstin blieb die Luft weg. Plötzlich hatte sie das Gefühl, von einem Schwindel ergriffen zu werden, und hielt sich erschrocken an der Sessellehne fest.

»Wie ist das denn zu verstehen?«

Es war André deutlich anzumerken, wie unangenehm ihm Kerstins Fragen waren.

»Wir haben uns damals am Balaton kennengelernt, kurz bevor du gekommen bist«, sagte er leise, ohne aufzusehen, »seitdem waren wir zusammen.«

Am Balaton! Schon damals also war sie einer Täuschung erlegen! Dieses Gespräch war wahrhaftig nicht erbaulich, für keine Seite. Es bewirkte bei Kerstin, dass sie sich noch betrogener vorkam als ohnehin schon. Tatsächlich war sie einem Hochstapler, einem Bigamisten auf den Leim gegangen. Auf jemanden, dem so etwas passierte, hätte sie bis eben noch herabgesehen, ihn als lebensuntüchtig verachtet.

»Aber Nicole und ich waren nicht verheiratet«, setzte André hinzu. Als ob das einen Unterschied machte, dachte Kerstin gequält. Ihr wolltet mich töten! Die Wahrheit war zuweilen wirklich schwer zu ertragen. Und Fragen zu stellen, um die Wahrheit ans Licht zu fördern, war eine ganz schön harte Prüfung. Doch Kerstin musste wissen, wieso man sie hatte umbringen wollen, welch teuflischer Plan dahintergesteckt und welche Rolle André dabei gespielt hatte.

»Warum? Jetzt sag mir endlich, warum ich umgebracht werden sollte!«

»Ach, ich weiß es nicht«, stöhnte André, »es war doch alles ganz anders geplant. Irgendwie ist die Sache komplett aus dem Ruder gelaufen«, er stockte kurz, dann setzte er hinzu, »ich hab das alles doch nur für Nicole getan – und jetzt ist sie tot.«

Den Kopf in beide Hände gestützt, begann er still zu schluchzen. Kerstins Mitgefühl hielt sich in Grenzen.

»Komm, hör auf zu heulen. Erzähl lieber mal, was eigentlich geplant war, André. Los!«

»Wo soll ich denn anfangen?«

Er putzte sich umständlich die Nase. Schließlich schaute er hilflos zu Kerstin, die immer ungeduldiger wurde.

»Warum bist du im letzten Sommer auf einmal bei mir in Berlin aufgetaucht? Sag schon!«

»Dieser Artikel über dich in der Wirtschaftszeitung, du erinnerst dich?«

Endlich, nach mehreren Anläufen gelang es André einigermaßen flüssig zu schildern, wie es sich zugetragen hatte, was der Plan war und wie sich dann alles ganz anders als erhofft entwickelt hatte.

Vor zwei Jahren hatten Nicole und er die Blaue Bergvilla übernommen, mit großen Plänen und Hoffnungen und sich dafür hoch verschuldet. Auch Nicoles Familie hatte für Kredite gebürgt und Ingeborg ihre Ersparnisse beigesteuert. Nach einem erfolgreichen Start lief die zweite Saison schon nicht mehr so gut, dann spielte das Wetter nicht mit, ständig fielen teure Reparaturen an. Schließlich weigerten sich die Banken, ihnen weiterhin Kredit zu gewähren.

Zu der Zeit hatte André ihr Foto und den Zeitungsartikel entdeckt, in dem Kerstin als erfolgreiche Unternehmerin mit einem beträchtlichen Vermögen geschildert wurde.

»Ich hab's Nicole gezeigt. Sie hat gleich über dich nachgeforscht und gemeint, das wäre vielleicht unsere letzte Chance. Ich sollte dich einfach mal besuchen, um gemeinsame Erinnerungen aufzufrischen und dich bei der Gelegenheit um Hilfe zu bitten.«

Oh Mann, ging es Kerstin durch den Kopf, und ich war ein so leichtes Opfer! Und wie ich die Erinnerungen aufgefrischt habe, ich alte, verknallte Kuh. Glücklicherweise war André weit davon entfernt, ihre unrühmliche Rolle an dieser Stelle auszuwalzen. Dazu ging es ihm viel zu schlecht.

»Anfangs waren wir ganz optimistisch. Du hast dich in meine geschäftlichen Angelegenheiten nicht eingemischt und wir hofften, mit den Summen, die du mir zur Verfügung gestellt hast, die Löcher stopfen zu können.«

»Das heißt, keines dieser Projekte, die ich dir finanziert habe, hat wirklich existiert«, stellte Kerstin angesichts dieser Erkenntnis mit ungläubiger Miene fest, »du hast das ganze Geld in das Hotel gesteckt, und deine Geschäftsreisen haben dich immer hierhergeführt?«

André bejahte stumm.

»Wie konnte ich nur so blind sein? Und so blöd?«

Nach einer Pause fügte sie an:

»Und was hat Nicole dazu gesagt, dass wir geheiratet haben?«

»Sie fand, das könnte nur von Vorteil sein. Es tut mir wirklich leid, Kerstin.«

»Lass das Gesäusel, ich nehme dir das nicht ab. Du hast genau gewusst, was du tust.«

Er machte eine hilflose Geste und schaute zur Decke, als ob dort etwas zu seiner Verteidigung zu finden wäre.

»Und deine liebe Mutti wusste also auch die ganze Zeit Bescheid, kannte deine Lebensgefährtin und hat mit uns Hochzeit gefeiert, als ob nichts wäre. Also wirklich, was für ein Abgrund aus Lügengeschichten und Betrügereien, einfach widerlich!«

Kerstin war völlig erschüttert. Niemals wäre sie daraufgekommen, dass ihr Vermögen andere Menschen zu einem Komplott diesen Ausmaßes verleiten könnte.

»Ja, das stimmt, Mutti wusste über all das Bescheid. Sie hatte auch den Vorschlag gemacht, mit euch hier

Weihnachten zu feiern. Wir dachten, wenn wir dir das Hotel in voller Schönheit vorführen, können wir dich überzeugen, hier einzusteigen. Aber dann ging uns das Geld schneller aus als geplant. Ich konnte so kurzfristig kein frisches beschaffen, wir mussten sämtliche Leute entlassen und alle Vorbestellungen stornieren.«

»Aber Nicole hielt trotzdem an ihrem Plan fest, uns hierherzulocken? Was hat sie sich bloß davon versprochen?«

»Ich weiß es nicht. Sie hat nur gesagt, lass die ruhig erst mal alle kommen, mir fällt schon was ein. Dass es ausgerechnet jetzt so wahnsinnig schneien würde, hatte natürlich niemand voraussehen können. Aber Nicole meinte, das sei ein Wink des Himmels und würde uns nur Vorteile verschaffen. Wir sollten das trotzdem durchziehen.«

»Und du hast immer ganz brav alles gemacht, was sie gesagt hat?«

Er reagierte nicht auf die Frage und sah an Kerstin vorbei. Sie wusste, sie hatte natürlich recht.

»Aber was war ihr Plan? Was hat sie sich versprochen – von meinem Tod?«

Beharrlich hüllte sich André in Schweigen, während Kerstin nach einem plausiblen Grund suchte. Und auf einmal sah sie hinter Nicoles finstere Absichten, warum sie André zur Heirat mit Kerstin geraten hatte. Natürlich!

»Jetzt kapier ich: Ihr wart scharf auf das Erbe! Da ich verliebte Idiotin weder Ehevertrag noch Testament gemacht habe, hättest du immerhin die Hälfte geerbt. Stimmt's?«

»Ich weiß auch nicht, was plötzlich mit Nicole los war. Wir waren kaum hier, da deutete sie schon an, dass das die optimale, die einzige Lösung wäre. Ich hab immer wieder versucht, ihr das auszureden, ehrlich, aber …«

»Ach André, hör doch auf. Ich glaub dir kein Wort.«

Mit angewidertem Gesicht wandte sich Kerstin ab und sah nach draußen in die Dunkelheit. Am meisten litt sie unter der Tatsache, von all den Lügen, Täuschungen und Tricksereien selbst nicht das Geringste wahrgenommen zu haben.

»Aber eins musst du mir glauben: Mutti wusste von Nicoles mörderischen Plänen gegen dich wirklich nichts! Wirklich! Ich schwör's dir!«

Vielleicht stimmte das ja sogar, letztlich war es Kerstin auch egal. Trotzdem wollte sie noch etwas klären.

»Und diese ganzen merkwürdigen Begebenheiten? Die Kühlzelle, die Dachlawine und so weiter – steckte da überall Nicole Winter dahinter?«

Kerstins immer neue Fragen schienen André arg zuzusetzen.

»Warum willst du das denn alles so genau wissen?«, stöhnte er, »das ist doch jetzt sowieso egal. Nicole ist tot!«

»Mir ist es aber nicht egal, wenn jemand möchte, dass ich mir das Genick breche oder unter Schneemassen ersticke! Kannst du das vielleicht verstehen?«

André senkte seinen Kopf. Er wirkte völlig ausgelaugt.

»Mir hat Nicole gesagt, dass sie die Saunatür manipuliert und die Weinkiste auf der Kellertreppe platziert hat. Über alles andere weiß ich nichts, keine Ahnung, vielleicht wirklich nur Zufälle.«

KAPITEL XVII

»Willst du jetzt schlafen, Mama?«

»Nee«, Kerstin verneinte vehement, als sie aus dem Zimmer von André kam, »ich kann jetzt nicht schlafen. Mir geht so viel durch den Kopf.«

»Möchtest du zu den anderen in die Bar oder lieber wieder aufs Sofa?«, erkundigte sich Lukas.

»Sind denn alle noch auf?«

»Nur Opa und Lilo sind ins Bett, die haben zwar versucht wach zu bleiben, aber denen fielen dauernd schon die Augen zu.«

»Ist Ingeborg auch in der Bar?«

»Die wollte auf ihr Zimmer. Der ging es nicht gut, zu viel Aufregung für ihr Herz. Ich habe ihr eine starke Beruhigungstablette gegeben«, antwortete Burkhard, »wahrscheinlich schläft sie.«

»Dann bringt mich am besten wieder nach unten auf das Sofa und bleibt bei mir. Mit allen anderen, das ist mir zu viel, aber allein mag ich jetzt auch nicht sein.«

In der Lobby legte Kerstin sich wieder hin, von Lukas mit Decken und Kissen umsorgt.

»Na gut. Ich geh jetzt mal hoch zum Hügel, wo es das Netz gibt, wie unser junges Genie herausgefunden hat. Von dort benachrichtige ich die Polizei«, kündigte Burkhard an, »Helmut hat Jörg zwar gerade abgelöst bei André, aber ist schon praktischer, wenn wir die Verantwortung an die Profis abgeben können.«

Keiner erwähnte sie, aber die Tote im zweiten Stock war wohl allen auf fatale Weise gewärtig. Auch ihretwegen war es gut, wenn die Polizei bald auftauchte. Burkhard zog seine Outdoorjacke und die Stiefel an, die er an der Rezeption deponiert hatte, wandte sich in Richtung Tür und schloss sie auf.

»Und pass gut auf deine Mutter auf«, zwinkerte er Lukas zu, bevor er in die kalte Nacht verschwand.

Liebevoll betrachtete Kerstin ihren Sohn, der manchmal ein ganz schöner Kindskopf sein konnte, aber auch absolut zuverlässig und hilfsbereit, wenn man ihn brauchte. Ja, man konnte stolz auf ihn sein. Mittlerweile sah er ganz schön müde aus, am Tag zuvor die durchzechte Nacht mit seinen Kumpels und heute noch so gut wie nicht geschlafen, das ging auch einem kräftigen jungen Mann an die Substanz.

Schon eine Viertelstunde später war Burkhard zurück.

»Das ging ja schnell. Hast du jemanden erreicht?«, fragte Kerstin, »wie geht das jetzt hier weiter?«

»Telefonieren von da oben war gar kein Problem, Superverbindung. Ich hatte einen Beamten von der Polizeistation Schleusegrund am Telefon. Der war richtig helle, hat alles notiert und wird es an die zuständige Dienststelle in Hildburghausen weiterleiten. Aber angesichts der extremen Wetterverhältnisse wird das ein paar Stunden dauern, bis die zu uns durchdringen.«

»Was meinte er denn, wie lange ungefähr?«

»Der Winterdienst muss viele Straßen erst passierbar machen. Der Polizist rechnet mit mindestens drei Stunden.«

Lukas gähnte.

»Leg dich mal aufs Ohr. Haste dir verdient, Großer. Und jetzt bin ich ja da und betreue deine Mama.«

Eine Weile herrschte Schweigen zwischen Kerstin und Burkhard. Beide schienen tief in ihre Gedanken versunken, den Blick auf die bodentiefe Fensterscheibe gerichtet, die vor dem Hintergrund der eisigen Dunkelheit ihre Spiegelbilder zurückwarf.

»Und hast du von André erfahren, was du wissen wolltest?«, unterbrach schließlich Burkhard die Stille.

»André hat mir einiges erzählt. Wenn ich ehrlich bin, Dinge, von denen ich lieber gar nicht gewusst hätte.«

Kerstin ließ ein kurzes, bitteres Lachen hören.

»Es ist ein sehr merkwürdiges Gefühl, wenn du mitbekommst, dass andere Menschen bereit sind, dich zu töten, weil sie es auf dein Geld abgesehen haben.«

»Das glaube ich.«

»Aber noch schlimmer ist, wenn du begreifst, dass du getäuscht worden bist, und nichts, aber auch gar nichts davon bemerkt hast! Bis vor Kurzem dachte ich noch, war halt ein Fehler, meine überstürzte Heirat im Rausch der Endorphine – schlimm genug. Aber jetzt weiß ich, ich bin von der ersten Sekunde an, da André vor meiner Tür stand, nur belogen und betrogen worden.«

So richtig wollte Kerstin es immer noch nicht akzeptieren, dass ausgerechnet ihr diese Schmach angetan worden war.

»Soll ich dir mal sagen, worüber ich nachgedacht habe?«, riss Burkhard sie aus ihren Gedanken, »vielleicht war André damals am Balaton ja in offizieller Mission auf dich angesetzt worden. Muss nicht sein, wäre aber durchaus denkbar. Nachdem, was du so über seinen Job bei den Buna-Werken erzählt hast, lag vor ihm die typische Karriere für einen linientreuen jungen Mann. Im Sommer '89 war zwar die Stasi für viele Leute nur noch 'ne Lachnummer, für uns Berliner Punks sowieso, aber einige blieben auch bis zum Schluss auf Linie. Nicht, dass es das Ganze besser macht, aber es wäre eine Erklärung, warum er damals den Kontakt mit dir abgebrochen hat. Die Stasi hatte zu der Zeit ganz andere Probleme.«

Kerstin senkte den Kopf und vergrub ihn unter ihren Armen.

»Nee, Burkhard, das macht es wirklich nicht besser«, murmelte sie aus ihrer Deckung, »im Gegenteil. Es zeigt nur, wie naiv und blauäugig ich damals gewesen bin.«

Als Burkhard nichts sagte, setzte sie sich wieder aufrecht.

»Und was noch viel schlimmer ist: Es hat sich nichts geändert. Ich habe mich nicht geändert! Ich habe mich fast 30 Jahre später wieder genauso blöd verhalten. Es ist einfach nur lächerlich.«

»Tja ...«

Er sah sie aufmerksam an und schwieg, er äußerte kein Verständnis, nicht ein Wort des Trostes. Aber was hatte sie denn auch erwartet, dachte Kerstin bekümmert, es war ja nur folgerichtig. Sie hatte ihre Beziehung zerstört, kaum dass Burkhard aus der Tür war, nur ein paar Wochen später hatte sie André geehelicht, während sie in all den Jahren Burkhards Heiratsabsichten stets zurückgewiesen hatte. Er hatte wirklich allen Grund, zutiefst verletzt zu sein.

Trotzdem hatte er sich, seit sie sich wieder begegnet waren, ganz uneigennützig um sie gekümmert, bei all den Missgeschicken, die ihr in der Blauen Bergvilla widerfahren waren. Wenn sie auch tief im Innern hoffte, dass er zumindest ein paar Sympathien für sie empfand, war die Fürsorge, die er ihr hatte zukommen lassen, objektiv gesehen vor allem seiner Eigenschaft als Arzt geschuldet. Da machte sie sich keine Illusionen. Und dass er sie dabei zwischendurch immer mal wieder herben Spott spüren ließ, konnte sie ihm nicht verdenken.

Sie musste sich bei ihm entschuldigen, jetzt, sofort, und sie hoffte inständig, dass er ihr glauben und ihre Entschuldigung annehmen würde.

»Ich weiß gar nicht, wo ich anfangen soll, aber ich muss dich um Verzeihung bitten, Burkhard. Ich habe einen Riesenfehler gemacht, nicht nur einen, glaube ich. Es tut mir so wahnsinnig leid, das kannst du dir nicht vorstellen. Also bitte, verzeih mir.«

Es dauerte eine ganze Weile, bis Burkhard sprach.

»Weißt du, was ich gar nicht so schlecht finde: Du hast eine mehr als unangenehme Erfahrung gemacht, aber du hast dadurch endlich mal den Beweis erhalten, dass du nicht unfehlbar bist, dass du ein Menschlein bist, das sich irrt, das unvollkommen ist, genau wie wir alle. Das gefällt mir irgendwie.«

Mit gesenktem Kopf hörte Kerstin sich seine Antwort an. Er hatte mit keinem Wort gesagt, dass er ihre Entschuldigung akzeptierte. Hatte sie etwas so Unverzeihliches getan? Sollte sie jetzt mit den Folgen ihrer Fehler leben bis ans Ende ihrer Tage? Burkhard musste begreifen, wie wichtig es ihr war, dass er ihr verzieh! War das zu viel verlangt?

»Also, ich weiß, dass ich mich dir gegenüber wie eine Idiotin benommen habe. Aber du musst mir glauben, dass es mir aus tiefster Seele leidtut und dass mir nichts wichtiger ist, als dass du mir verzeihen kannst. Bitte.«

Im Grunde wollte sie ja nur, dass alles wieder wurde wie vor der Episode André. Aber das wagte sie gar nicht zu sagen.

Burkhard legte seinen Kopf schief.

»Ich werd's mir überlegen«, versprach er. Hatte er ihr zugezwinkert, oder bildete sie sich das nur ein? Vielleicht gab es ja doch eine Zukunft für sie beide … Sie wollte fest daran glauben.

»Aber jetzt versuch ich erst mal ein bisschen zu schlafen, solltest du am besten auch tun.«

Er sah auf die Uhr.

»Mehr als zwei, drei Stunden bleiben uns eh nicht, bevor die Polizei auftaucht.«

Es dauerte nicht lange, da fielen Kerstin die Augen zu. Aber sie schlief unruhig. Das Sofa war nicht sehr bequem, beängstigende Träume rasten durch ihr Unterbewusstsein, sie sah sich erfolglos gegen die Wodkaflasche kämpfen, lag in einem Grab aus Schnee in der frostklirrenden Winternacht, sah dann André vor sich sitzen, gebrochen und verzweifelt. Immer wieder fuhr sie aus dem Schlaf hoch.

Was für ein Weihnachtsfest! Weihnachten das Fest der Liebe und Familie – zumindest hatte Kerstin erkannt, dass sie eine tolle Familie hatte, auch mit Anke und Lilo, mit all den Nervereien und Meinungsverschiedenheiten, aber das gehörte wohl dazu. Letztlich mochte man sich und stand füreinander ein. Und heute fühlte sich Kerstin besonders stolz und glücklich, diesem anstrengenden Haufen angehören zu dürfen.

Sie sah zu Burkhard, der in seinem Sessel leise schnarchte. Eben im schöneren Teil ihres Traums hatten sie, Lukas und Burkhard gemütlich am Tisch in ihrer Wohnküche in Berlin gesessen. Burkhard hatte Spaghetti gekocht, sie hatten Wein getrunken und gequatscht. Ach ja, wenn es nur erst mal wieder so weit wäre!

Kerstin, die an überhaupt nichts glaubte, musste plötzlich an die Großmutter denken, die ihnen in ihrer Kindheit von den Rauhnächten erzählt hatte. Alles, was man in diesen heiligen Nächten träumte, die mit dem 24. Dezember begannen, sollte in Erfüllung gehen, hatte die Großmutter gesagt. Wenn das so wäre, dann bestand ja noch Hoffnung …

Draußen war es immer noch finster. Plötzlich tauchte in der Ferne ein orangener Schein auf, der blinkend langsam näher kam. Ein riesiges Schneeräumfahrzeug schälte sich aus der Dunkelheit. Bald darauf flogen auf dem Parkplatz vor dem Hotel zuckende Blaulichter durch die Nacht.

ENDE

REZEPTE VOM IMPROVISIERTEN WEIHNACHTSESSEN IN DER BLAUEN BERGVILLA

Zum Auftakt: Safer Sex on the Beach
Pamelas alkoholfreier Cocktail

Zutaten für ein Longdrinkglas (hohes Trinkglas):
6 cl Preiselbeersaft
6 cl Pfirsichnektar
6 cl Ananassaft
1 Schuss Zitronensaft, nach Geschmack dosieren
Eiswürfel
1 Minzezweig, 1 Zitronenscheibe zum Dekorieren

Alle flüssigen Zutaten in ein hohes Glas füllen, gut umrühren, Eiswürfel zugeben und dekorieren – wohl bekomm's!

※

Soljanka

Die deftige russische Spezialität, so wie sie in der DDR gern zubereitet wurde

Zutaten für 4 Personen:
2–3 Zwiebeln, grob gewürfelt
80 g durchwachsener Speck, gewürfelt
etwas Öl oder Schmalz
300 g Räucherwurst (Knacker, Debreziner) in Scheiben oder 300 g Kassler, klein gewürfelt – oder eine Mischung aus beidem
2 Knoblauchzehen, geschält
Paprikapulver, edelsüß
1 kleines Glas (ca. 330 ml) Gewürzgurken, in dünne Scheiben geschnitten, Gurkenwasser, geseiht
1 Glas Letscho (ca. 600 g)
½ Pfund Tomaten, grob gewürfelt
1 Lorbeerblatt
1 EL Kapern
Salz, Pfeffer, ggfs. Zucker
saure Sahne
1 unbehandelte Zitrone, in dünne Scheiben geschnitten

Zwiebeln und Speck in Fett anrösten, bis die Zwiebeln eine goldgelbe Farbe angenommen haben. Die Fleischeinlage mit gepresstem Knoblauch und Paprikapulver beifügen und kurz anschmoren. Nun die Gurkenscheiben, das Gurkenwasser, Letscho, die gewürfelten Tomaten, Kapern und Lorbeerblatt zugeben, kurz aufkochen. Anschließend mit Salz, Pfeffer und ggfs. Zucker abschmecken – die Suppe sollte schön dick sein und einen kräftigen, ganz leicht süßsäuerlichen Geschmack haben. Noch einmal 5 Minuten köcheln lassen und bei ausgeschalteter Herdplatte ziehen lassen – je länger, je lieber. Vor dem Servieren erhitzen, auf tiefe Teller verteilen, auf jede Portion einen ordentlichen Klacks saure Sahne geben und mit den Zitronenscheiben garnieren. Mit kräftigem Bauernbrot serviert, ist die Soljanka als Hauptspeise geeignet.

*

Thüringer Rostbrätel

Für 4 Personen:
4 große Scheiben Schweinenacken, ca. 1,5–2 cm dick
2 Zwiebeln, in Ringe geschnitten
2 Knoblauchzehen, in dünne Scheiben geschnitten
100 ml Senf, Schärfe nach Wunsch
250 ml Bier, Pilsener oder Schwarzbier
½ TL Kümmel
½ TL Majoran

1 Prise Salz
schwarzer Pfeffer, frisch aus der Mühle
Butter

Ein flaches Gefäß mit der Hälfte der Zwiebelringe und Knoblauchscheiben auslegen und zwei Fleischstücke darauf betten. Zwiebeln und Knoblauch darübergeben, dann die nächste Lage Fleisch und darauf noch einmal Zwiebel und Knoblauch. Aus Senf und Bier mit den Gewürzen eine Marinade mischen und über alles gießen. Mindestens 24 Stunden kühl stellen und durchziehen lassen, ggfs. ab und zu Marinade darüberschöpfen.
Zum Grillen das Fleisch herausnehmen, die Zwiebelringe und den Knoblauch entfernen. Letztere in etwas Butter in der Pfanne braun rösten. Ideal für das Fleisch ist natürlich ein Holzkohlengrill, doch es funktioniert auch mit Gas- oder Elektrogrill. Wenn kein Grill vorhanden ist, scharf in der Pfanne braten. Mit dem gerösteten Knoblauch-Zwiebel-Gemisch servieren. Wie zu allen Grillgerichten passen auch hier Salate als Beilage, ob Kartoffelsalat oder gemischter Salat, kräftiges Brot, aber auch Bratkartoffeln.

*

Ingeborgs Marmorkuchen mit Mineralwasser und Öl
(aufgeschrieben von Sigrun – vielen Dank!)

Zutaten für eine Napfkuchenform:
480 g Mehl
1 Päckchen Backpulver
1 Prise Salz
380 g Zucker
2 Päckchen Vanillezucker
6 Eier
250 ml neutrales Speiseöl
250 ml Mineralwasser mit Kohlensäure
4–5 EL dunkler Kakao
2 EL Puderzucker
Glasur: dunkler Schokoladenguss

Alle Zutaten, bis auf Kakao und Puderzucker, zu einem glatten Teig verrühren. Ein gutes Viertel des Teiges in eine gefettete, bemehlte Napfkuchenform füllen. Unter den verbliebenen Teig Kakao und Puderzucker rühren, auf den hellen Teig in die Form geben und spiralförmig mit einer Gabel vermischen, sodass noch beide Teigvarianten gut sichtbar bleiben.
Im vorgeheizten Backofen bei 170–180 Grad zwischen 45 und 60 Minuten backen (Beobachten! Jeder Backofen ist anders …) Stäbchenprobe machen. Nach dem Backen aus der Form nehmen und wenn der Kuchen abgekühlt ist, mit

einer dunklen Schokoglasur (ich empfehle qualitativ hochwertige Bitterschokolade) überziehen. Das Besondere an diesem Marmorkuchen ist, dass er lange feucht und frisch bleibt und wunderbar schokoladig schmeckt.

*

LPG-Kuchen
Rezept für 1 Blech dieser köstlichen Kalorienbombe

Rührteig für den Boden:
150 g Butter, zimmerwarm
150 g Zucker
1 Päckchen Vanillezucker
6 Eier, zimmerwarm
1 Prise Salz
300 g Mehl
1 Päckchen Backpulver
Johannisbeergelee (alternativ Kirschmarmelade)

Butter mit Zucker und Vanillezucker schaumig rühren. Nach und nach die Eier einrühren, eine Prise Salz zugeben, das mit Backpulver vermischte Mehl unterziehen, bis ein glatter Teig entsteht. Diesen auf ein mit Backpapier ausgelegtes Blech streichen und bei 180 Grad ungefähr 20 min backen – kontrollieren – jeder Backofen ist anders.

Nach dem Backen auf eine Platte stürzen, das Backpapier abziehen, auskühlen lassen und anschließend mit Johannisbeergelee bestreichen.

Für die Füllung:
½ l Milch
1 Päckchen Vanillepudding
Zucker
250 g zimmerwarme Butter

1 Päckchen Butterkekse ca. 200 g
6–8 EL Rum

Den Pudding nach Vorschrift kochen, auf Zimmertemperatur abkühlen lassen und dabei öfter umrühren, damit sich keine Haut bildet. Butter und Pudding zu einer Creme vermischen. Ebenfalls auf den Biskuitboden geben.
Die Butterkekse auf der Buttercreme gleichmäßig auslegen und anschließend großzügig mit Rum beträufeln, langsam und stetig, damit die Kekse die Flüssigkeit aufnehmen können. Anschließend noch eine dünne Schicht von der Marmelade darüberstreichen.

Für die Schokodecke:
125 g Kokosfett
1 Ei
125 g Zucker – ich empfehle braunen Zucker, der bleibt so schön knackig!

35–50 g Kakao
1 TL gemahlenes Kaffeepulver
1 Prise Salz
1 EL Rum

Das Kokosfett in einem Topf schmelzen und anschließend abkühlen lassen. Ei und Zucker schaumig rühren, das erkaltete Kokosfett unterziehen, Kakao, Kaffeepulver, Salz und Rum einrühren und die Masse als letzte Schicht über den Kuchen streichen. Am besten über Nacht kalt stellen und am nächsten Tag genießen.
Für diesen aufwendigen, reichhaltigen Kuchen gibt es eine Menge Varianten. Der leckere LPG-Kuchen ist nach wie vor beliebt und bei vielen Thüringer Bäckereien im Angebot.

*

Aus Helmuts Weihnachtskeksdose
(Dank für die Rezepte an Kekspezialistin Sigrun!)

Haselnussmakronen

Zutaten für ungefähr 30 Stück:
4 Eiweiße
1 Prise Salz
250 g Zucker

250 g gemahlene Haselnüsse
30 ganze Haselnüsse

Die Eiweiße mit der Prise Salz in einer Kuchenschüssel steif schlagen, dabei den Zucker zufügen und zum Schluss die Haselnüsse unterziehen. Behutsam gut vermischen. Mit angefeuchteten Händen kleine Kügelchen von ca. 3 cm Durchmesser formen und diese auf ein Backblech setzen. In die Mitte jeweils eine ganze Haselnuss stecken. Bei ca. 160 Grad im Backofen 20–25 min backen – öfter kontrollieren. Die Makronen sollen auf der Unterseite nur ganz wenig Farbe annehmen. Ein klassisches, sehr einfaches Rezept –aber: mmh!

*

Husarenkrapferl

Zutaten für 1 Blech:
140 g Butter, zimmerwarm
70 g Zucker
1 Päckchen Vanillezucker
2 Eigelbe
abgeriebene Schale einer halben, unbehandelten Zitrone
180 g Mehl
1 Prise Salz
25 g Semmelbrösel

1 Eigelb
80 g gehackte Mandeln
Johannisbeermarmelade

Die zimmerwarme Butter mit Zucker, Vanillezucker und Eigelben verrühren, die Zitronenschale und Salz dazugeben, das Mehl unterheben und zum Schluss die Semmelbrösel daruntermischen. Anschließend den Teig mindestens ½ Stunde in den Kühlschrank stellen.
Nun kleine Kugeln von ca. 2,5 cm Durchmesser formen, mit einem runden Holzlöffelstiel eine Vertiefung in die Kugeln machen und diese anschließend mit der Hand etwas platt drücken. Außen leicht mit Eigelb bepinseln und dann kurz in die gehackten Mandeln tauchen.
Nun auf ein mit Backpapier ausgelegtes Blech setzen und in die Vertiefung jeweils einen Klecks Marmelade geben. Im vorgeheizten Backofen bei ca. 160–180 Grad zwischen 15 und 20 Minuten backen.

*

Pistazientaler

Zutaten für ca. 25 Stück:
200 g Butter, zimmerwarm
125 g Zucker
abgeriebene Schale einer halben Zitrone

1 Eigelb
250 g Mehl
1 Prise Salz
80 g gehackte Pistazien (oder Mandeln oder Haselnüsse)
Puderzucker

Weiche Butter, Zucker und Zitronenschale mit dem Handrührgerät verrühren, dabei das Eigelb zufügen. Mehl und Salz untermischen, am Schluss die Pistazien dazugeben. Aus dem Teig eine Rolle formen und diese in Klarsichtfolie mindestens eine Stunde im Kühlschrank ruhen lassen. Anschließend aus der Folie nehmen und mit einem scharfen Messer ca. 5 mm dicke Scheiben abschneiden und auf ein mit Backpapier ausgelegtes Blech setzen. Im vorgeheizten Backofen bei ca. 180 Grad ungefähr 10 Minuten backen. Die Taler sollen recht hell bleiben, damit sie ihr Aroma behalten. Nach dem Backen vorsichtig auf Kuchengitter legen und nach dem Auskühlen mit Puderzucker bestäuben. Sie werden an der Luft noch etwas fester.

*Weitere Titel finden Sie auf den
folgenden Seiten und im Internet:*

WWW.GMEINER-VERLAG.DE

Alle Bücher von Ella Danz:

Kommissar Angermüller ermittelt: 1. Fall: Osterfeuer
ISBN 978-3-8392-2922-4

2. Fall: Steilufer
ISBN 978-3-89977-707-9

3. Fall: Nebelschleier
ISBN 978-3-89977-754-3

4. Fall: Kochwut
ISBN 978-3-8392-0039-1

5. Fall: Rosenwahn
ISBN 978-3-8392-1056-7

6. Fall: Ballaststoff
ISBN 978-3-8392-1112-0

7. Fall: Geschmacksverwirrung
ISBN 978-3-8392-1248-6

8. Fall: Unglückskeks
ISBN 978-3-8392-1518-0

9. Fall: Schockschwerenot
ISBN 978-3-8392-1766-5

10. Fall: Strandbudenzauber
ISBN 978-3-8392-2340-6

11. Fall: Trugbilder
ISBN 978-3-8392-2790-9

12. Fall: Wintermondnacht
ISBN 978-3-8392-0516-7

Weitere:
Schatz, schmeckt's dir nicht?
ISBN 978-3-8392-1109-0

Eisige Weihnachten
ISBN 978-3-8392-2468-7

Nachbarinnen
ISBN 978 3 8392-0743-7

GMEINER SPANNUNG

WWW.GMEINER-VERLAG.DE
Wir machen's spannend

Friederike Schmöe
Die Pfefferkuchenfrauen
Kriminalroman
192 Seiten, 12,5 x 20,5 cm,
Klappenbroschur
ISBN 978-3-8392-0866-3

Fünf Freundinnen bereiten sich auf Weihnachten vor: Es wird gekocht und gebacken, dekoriert und geratscht. Die Frauen teilen Freuden, Genüsse und Sorgen: Ob betrügerische Anrufe, Pannen beim Online-Banking, die leidige Frage nach dem passenden Weihnachtsgeschenk oder die Sorge um Familie und Freunde – immer helfen sie sich gegenseitig, bis Ro einen zerstörerischen Konflikt mit Tamara vom Zaun bricht und ihre jahrzehntelange Freundschaft in Frage steht. Wissen die Freundinnen wirklich alles voneinander?

GMEINER SPANNUNG

WWW.GMEINER-VERLAG.DE
Wir machen's spannend

Mia C. Brunner
Alpenglühen
Kriminalroman
320 Seiten, 12,5 x 20,5 cm,
Broschur
ISBN 978-3-8392-0842-7

Viel Blut, keine Zeugen und kein Motiv. Als Hauptkommissar Forster zu einem Tatort in Oberstdorf gerufen wird, ist er ratlos. Wo ist die Leiche? Indizien deuten darauf hin, dass es sich um eine vermisste junge Frau handeln muss, und führen Forster zum Heimatverein Allgäuer Hoigartlar. Doch niemand kann Hinweise geben. Und niemand, nicht einmal ihr Lebensgefährte, kennt die Vergangenheit der Frau. Forster versucht verzweifelt, einen Mordfall ohne Leiche aufklären.

Ist das Alpenglühen ein Vorzeichen für ein weiteres Unglück?

WWW.GMEINER-VERLAG.DE
Wir machen's spannend

Jürgen Ahrens
Tegernsee-Verhängnis
Kriminalroman
240 Seiten, 12,5 x 20,5 cm,
Broschur
ISBN 978-3-8392-0910-3

Hauptkommissar Markus Kling genießt das Rottacher Seefest, als ihn die Hiobsbotschaft erreicht: Zwei Taucher wurden tot aus dem Tegernsee geborgen. Unfall, Suizid oder Mord? Die Frage klärt sich vordergründig schnell, doch Kling bleibt skeptisch. Dann wird ein Privatdetektiv erschossen, der die Toten kannte. Die Spur führt in exklusive Kreise und zu einem vorbestraften Fischhändler. Als ein Verdächtiger überführt scheint, nimmt der Fall eine unerwartete Wendung.

GMEINER SPANNUNG

WWW.GMEINER-VERLAG.DE
Wir machen's spannend